스웨터로 떠날래

스웨터로 떠날래

안나 니콜스카야 지음
김선영 옮김

바람의아이들

차례

작가의 말

사랑하는 한국의 독자 여러분, 안녕하세요!

시베리아에 있는 제 고향 도시 바르나울과 관련된 두 가지 이야기를 여러분께 들려드리고 싶어요.

『스웨터로 떠날래』는 제가 영국의 한 작은 마을에 살고 있을 때 쓴 소설입니다. 저는 매일같이 아늑한 카페로 가서 한 챕터 한 챕터 써내려 갔고, 커피를 마시고, 음악을 들었습니다.

2016년 9월에 책이 출판되었고, 저는 그해 11월에 시베리아에 오게 됐어요. 어느 날 학창 시절 친구들을 만나기로 했고, 우리는 얼마 전에 문을 열었다는 카페에서 모이기로 했습니다.

처음 그곳을 본 순간 저는 눈을 의심했어요. 카페 이름이 '스웨터'였거든요. 그리고 안으로 들어가자 또 한 번 크게 놀랐습니다. 제가 책에서 묘사했던 카페의 모습과 똑 닮아 있었어요. 바닥부터 천장까지 이어진 큰 창들, 벽돌로 둘러싸인 벽……. 또 선반에는 『과자 가게 이야기』라는 제가 쓴 책이 놓여 있었습니다.

알고 보니 그 카페는 이 책이 발행되던 시점에 오픈됐고, 저와 같은 미술 학교에서 공부했던 친구가 설계를 맡았던 겁니다. 간판에 쓰인 카페 이름의 글씨체마저 책 표지의 제목과 닮아 있었어요.

하지만 더욱 놀라운 일은 3년 후에 일어났습니다. 이 책으로 아이들을 위한 영화가 제작됐어요. 영화는 제 고향 도시에 있는 바로 그 카페 '스웨터'에서 촬영됐고, 출연한 청소년 배우들도 제가 책에서 묘사한 인물들과 매우 닮았습니다. 『스웨터로 떠날래』는 자전적 이야기로, 제가 어린 시절에 접했던 실제 인물들을 원형으로 등장인물들을 구상했었지요.

왜 이런 이야기를 하냐고요?

저는 우리의 상상력이 가장 강력한 도구라는 걸 오래전에 깨달았어요. 책장에 쓰인 것이 책 밖으로 나와 현실에서 이루어지는 일이 제 삶에선 자주 일어납니다. 생각은 물질로 구현된다고 해요. 그렇기에 우리의 사고를 정갈하게 유지하는 게 중요합니다. 그것으로부터 기적이 생겨날 수 있으니까요. 잠시 시간 여유가 있을 때 여러분도 이 점에 대해 생각해 보세요.

또 하나는, 저를 매우 감동시킨 어느 소녀의 이야깁니다. 많은 독자들이 제게 편지를 보내주시는데요, 하루는 제 고향 도시가 있는 알타이주(州)에서 아주 짧은 편지를 받았습니다.

"『스웨터를 떠날래』를 읽기 전까지 저는 심하게 억눌려 있었고, 삶의 의미를 보지 못했어요. 그런데 이 책이 제가 새로운 친구들을 찾고 사귈 수 있도록 도와줬어요. 정말 감사합니다." ─V.N. (13세)

책은 우리의 훌륭한 친구가 될 수 있습니다. 또 친구를 사귀는 걸 도와줄 수도 있지요. 마음이 맞는 친구 말이에요. 이 책이 여러분에게도 무언가 도움을 줄 수 있길 기대합니다.

『스웨터를 떠날래』를 읽고 번역을 결심한 소피아와 아주 멋진 이름을 가진 출판사 '바람의아이들'에게 깊은 감사의 마음을 전합니다. 이것 또한 기적이에요. 기적은 우리의 걸음걸음마다 있어요. 그것을 볼 줄 아는 법을 배우기만 하면 된답니다.

진심을 담아,
안나 니콜스카야

1장. 켄타우로스처럼

우리 집에 온 손님이 누군지 난 대번에 알았다. 냄새만으로, 거대한 나무 통굽이 달린 사보 슈즈만으로 알 수 있다. 이런 신발을 신는 건 그 사람뿐이다. 그의 신발이 내 실내화와 나란히 현관에 놓여 있다. 그가 신발을 벗었다는 게 놀랍다. 이 사보 슈즈는 '그'라는 존재에서 뗼레야 뗄 수 없는 것이라고 생각했기 때문이다. 마치 켄타우로스의 발굽처럼.

"율랴가 왔나 봐요!" 부엌에서 엄마가 기뻐하는 소리가 들린다. "율랴, 이리 와 봐. 누가 날아왔는지 보렴!"

누가 왔는지 내가 모른다는 건가?

'누가 날아왔는지 보렴!' 이런 말은 창틀에 앉은 새를 가리킬

때나 하는 말이다. 아니면 천사라든지. 엄마는 이런 이상한 표현을 잘 쓴다. 하긴, 엄마 아빠에게 이 사람은 마치 하늘에 사는 천사와 같은 존재지.

부엌으로 가는 동안 그의 냄새가 위협적으로 다가온다. 꿀처럼 진하고 끈적끈적한 향은 보통 나이 많고 지적인 할머니 같은 사람에게서 난다. 물론 이 사람에게서도. 냄새에 매우 민감한 나는 벌써 속이 울렁거린다.

"예브게니 올레고비치,[1] 얘가 얼마나 컸는지 좀 보세요."

아빠가 걱정스레 말했다.

아빠 때문에 마음이 불편해진다. 아빠는 늘 드라마를 쓴다. 무려 내 키를 가지고도!

"안녕하세요, 예브게니 올레고비치."

상냥하게 인사했지만 그는 대꾸조차 하지 않았다. 그는 나나 내 키 같은 평범한 것들엔 전혀 관심이 없다.

"류다, 당신이 만든 커틀릿은 라흐마니노프의 라단조 교향곡이예요!"

---

1) '예브게니'는 이름, '올레고비치'는 부칭(아버지의 이름)이다. 러시아에서는 상대방을 예의를 갖춰 부를 때 이름과 부칭을 함께 쓴다.

예브게니 올레고비치가 개코원숭이처럼 긴 팔을 우아하게 휘저으며 노래하듯 말했다. 다른 팔로는 포크로 큰 커틀릿 조각을 찍어서 역시 우아하게 입으로 가져갔다.

"특히 이 매콤한 소스와 함께한 구성은 벨리시모[1]! 아주 아름다워요."

"그런가요? 제가 다진 고기에 호박이랑 설탕을 넣어서 그래요." 엄마는 아이처럼 기뻐했다.

"율랴, 뭐하고 있어? 의자 가져와서 앉아."

하지만 내 의자엔 이미 예브게니 올레고비치가 앉아 있다.

"감사하지만 배고프지 않아요. 제 방에 가도 되죠?"

"왜 바보같이 굴어?"

아빠는 열 살 아이를 다루듯 나를 두 팔로 당겨 안더니, 이마에 키스를 하고 무릎 위에 앉혔다. 예브게니 올레고비치는 콧수염을 위아래로 움직이며 얼굴을 찌푸렸다. 콧수염이 꼭 색바랜 딱딱한 구둣솔 같다.

"친구들, 최근 6개월 동안 내 혈압이 얼마나 올랐는지 상상도 못 할 거예요."

---

1) 이탈리아어로 '매우 아름답다'는 뜻.

그가 연극 무대에서처럼 고상하게 머리를 흩날리며 말했다.

"얼마나 올랐는데요?" 엄마가 놀라며 물었다.

"150에 90! 이것도 일부러 낮잠을 자고 나서 잰 혈압이에요."

"저런, 세상에!" 아빠는 몹시 안타까워했다.

"완전한 흉계예요. 그 사람들 다 질투에 눈이 멀어서 음모를 꾸민다고요." 예브게니 올레고비치는 비통하게 머리를 흔들었다. "악단 안에서도 그렇고 밖에 나가서도 그래요. 결국 봄 순회공연을 못 하게 됐잖아요! 그 제1바이올린은 국내 괜찮은 오케스트라에서 다 거절당한 친군데……. 아, 그 무능력한 꾀병쟁이가 출발 하루 전에 아파서 못 간다고 통보를 해왔잖아요. 이런 게 대체 있을 법이나 합니까?"

예브게니 올레고비치의 얼굴에 씁쓸함이 한가득 묻어났다. 그는 벌컥벌컥 소리를 내며 엄마가 만든 자두 콤포트[1]를 들이켰다.

부모님은 공감의 뜻으로 고개를 끄덕였다. 엄마는 콤포트를 더 따라주고, 아빠는 그의 접시에 커틀릿을 하나 더 얹어 주었다. 조금만 더하면 아주 뼈도 갈아주겠어. 필요하다면 자기 가

---

1) 과일이나 각종 베리를 물에 넣어 끓여서 만든 러시아식 음료.

죽도 벗겨줄 걸! 그가 러시아의 명예 예술인이자 신이 내린 지휘자여서가 아니다. 그런 게 전혀 아니다. 그냥 우리 부모님이 그렇다. 이 세상 사람들이 아닌 거다. 친구를 위해서라면 뭐든지 하는, 선사 시대 유물 같은 사람들이다. 이제는 더 이상 생겨나지 않는 그런 부류의 사람들이다.

"게다가 셸리베르스토프 그 무식한 작자는 내 〈카르멘〉 해석이 진부하다고 평가했어요. 말이 됩니까? 아뇨, 이런 환경에서 일하는 건 절대 불가능해요. 아시겠지만, 저를 눈동자처럼 귀하게 여겨야 되는 거 아녜요? 저 같은 사람은 손가락에 꼽을 정도로 얼마 없으니까요. 티메르카노프, 플레트네프, 스피바코프 그리고 저! 하지만 또 미국이 있죠!"

"미국이 왜요?" 아빠가 궁금해 하며 물었다.

"미국이 날 부르고 있어요. 계약서 쓰재요, 5년 계약으로!"

예브게니 올레고비치가 다시 포크를 휘두른다. 저러다 아빠 눈을 찌르겠어. 자기가 지금 지휘봉을 들고 단상에 올라가 있다고 생각하나 봐.

"떠날 거예요. 그 할머니가 부르는 데로 가죠, 뭐. 시장한테 선물 받은 아파트는 어머니 앞으로 돌리고요. 나한테 했던 대로, 그대로 갚아줄 거예요!" 그의 오른쪽 눈이 경련을 일으켰다.

이런 적절치 못한 때에 우리 집 고양이 페니모르 쿠페르는 성격을 드러내기로 작정했는지 이 음악의 거장의 발목을 물었다. 그는 "아악! 이건 뭐야?" 하고 소리를 지르며 바닥으로 떨어졌다.

엄마 아빠는 그를 부축하려 급히 일어났고 나는 너무 웃겨서 웃음을 터뜨리고 말았다. 손님 앞에서, 더군다나 이렇게 귀한 손님을 두고 웃는 건 예의가 아니다. 그러나 난 참지 못하고 부모님이 그를 일으켜 의자에 다시 앉힐 때까지 계속해서 웃어버렸다. 너무 웃어서 배가 아플 지경이다.

"넌 뭐가 그렇게 웃기니?" 예브게니 올레고비치가 날카롭게 말했다. "제냐, 류다. 딸 단속 좀 하세요. 너무 예의가 없네요."

아빠는 화가 난 것처럼 눈썹을 힘껏 찌푸리고 나를 쳐다봤다. 하지만 아빠도 속으로는 너무 웃겨서 간신히 참고 있다는 게 내 눈엔 다 보인다.

"죄송해요. 저는 숙제를 해야 돼서 가 볼게요." 난 내 방으로 향했다.

"따님 태도가 정말 불쾌하네요." 부엌에서 말소리가 들려온다. "내 딸 베로니카는 양처럼 순해서 아주 예의 바르고 얌전해요. 류다, 여기서 잠깐 눈 좀 붙여도 될까요?"

"당연하죠, 예브게니 올레고비치."

"그럼 아이 방에 잠자리 좀 준비해 주세요."

아주 가끔씩만 엄마랑 '스웨터'에 온다. 엄마가 이곳을 안 좋아해서가 아니다. 오히려 그 반대다. 엄마는 이곳에 오면 튤립 봉오리가 피어나듯 얼굴이 활짝 핀다. 특히 잘 아는 바리스타가 우리를 보고 미소 지으며 시나트라를 틀어줄 때면 더욱 그렇다. 시나트라가 엄마를 황홀하게 한다고 한다. 조금 이상한 표현이지만 엄마가 그렇다고 하니까.

"흐음, 프랭크의 올드 팝은 정말 황홀해! 저기 저 체리 파이 하나씩 가져다 먹자."

이럴 땐 영락없는 내 엄마다. 그녀는 어쩔 수 없는 인생의 찬미자이고 '잠깐이나마 한가로운 시간'을 보내는 걸 좋아한다. 이것도 엄마의 단골 표현이다.

엄마는 특히 '스웨터'에서 '한가로운 시간'을 보내길 좋아하는데, 확실히 밝히지만 여긴 내 구역이다! 나와 내 친구들의 구역이다! 그래서 아주 가끔, 엄마가 더 이상 못 견뎌 할 때만 이곳으로 데리고 온다.

체리 파이도 샀고 엄마는 라떼를, 나는 카푸치노를 시켰다. 창가 자리에 앉았다. 손가락으로 벽돌을 만져본다. 거칠고 따뜻하다. 햇빛을 받아 적당히 데워졌다. 스웨터는 햇빛에 잠기고, 나는 바닥부터 천장까지 이어진 거대한 창들로 둘러싸여 물고기가 된 기분이다. 햇살 가득한, 따뜻한 수족관에 있는 것처럼 정말 좋다! 마음이 편해진다. 장소마다 저마다 느낌이 다른데 이런 아늑함을 주는 곳은 그리 많지 않다. 스웨터는 말하자면…… 분위기가 있다. 나는 그 분위기를 피부로 느끼고 흡수한다. 한 모금씩 커피를 마시고, 사람들의 조용한 수다를 엿듣고 그들의 얼굴을 살펴본다. 키 큰 노인이 홀로 신문을 읽다가 얼굴을 찡그린다. 이마가 잘생겼다. 고대 철학자 소크라테스도 잘생긴 이마를 가졌었다지. 그 옆 소파엔 두 여자가 젖먹이 아기들을 데리고 있다. 테이블엔 우습게도 큰 우유병이 놓여 있다. 우유는 왜 시킨 걸까? 그리고 저 여자애는 들어올 때부터 눈에 띄었는데, 열 살 정도로 보이는 애가 혼자 왔다. 집중해서 치즈 케이크를 먹고 있고 귀엔 이어폰을 꽂았다. 무슨 음악을 듣고 있는지 궁금하다.

"관찰하는 거야?" 엄마가 물었다.

난 고개를 끄덕였다.

"관찰해. 이 순간을 흡수해. 맛보고 즐겨. 그걸 위해 우리가 사는 거야." 엄마가 미소 지었다. 그리고 행복에 겨워 실눈을 뜬 채 체리 파이를 입으로 가져갔다. "서두르지 마."

'언제든 서두르지 마' 라는 말을 엄마는 늘 주문처럼 반복한다.

엄마랑 이렇게 이야기하는 게 좋다. 장황한 말 없이 짤막하게. 어릴 적에 이미 깨달은 사실인데 엄마랑 나는 영혼이 닮아 있다.

시선이 모카 포트에 멈췄다. 반짝이는 작은 스테인리스 포트에 하늘이 비친다. 창문이 만든 파란 직사각형, 그 안에 구름. 구름은 내 등 뒤로 흐르며 나를 지나치지만 나는 구름이 보인다.

생각은 구름을 닮았다. 빠르고 변덕스럽고 늘 어디론가 흘러간다. 하늘은 그렇지 않아. 하늘은 끝없이 깊다. 난 지금 하늘이다.

머릿속에 하늘이 있을 때가 좋다. 그럴 땐 구름 같은 생각으로 사는 게 아니라 감정으로, 느낌으로 산다. 그게 진짜 사는 거다.

자연 속에 있으면 이게 쉽게 이해된다. 해 질 녘 숲속이나 호숫가라면. 그리고 또 스웨터라면. 작은 모카 포트에 파란 하늘 조각이 비치는 '스웨터'라면.

2장. 팽팽한 줄

스베타 아줌마가 돌아가셨다고 엄마가 말해줬다. 또 엄마는 베르카[1]가 이제 우리 집에서 살 거라고 했다.

"왜? 왜 우리 집에서 살아? 아버지가 있잖아."

"그렇지." 엄마는 조금 미안한듯 고개를 끄덕였다. "근데 예브게니 올레고비치가 항상 공연하러 다니시잖아. 2년치 일정이 벌써 다 짜여 있어. 그리고 또⋯⋯."

"알았어."

소매 속으로 쓸린 상처를 긁으며 말했다. 어제 미시카가 날

---

1) 베로니카의 애칭.

밀쳐서 팔꿈치를 벽에 부딪히는 바람에 생긴 상처다.

"어쨌든 난 그 애가 우리 집에서 사는 건 반대야."

"율."

엄마가 '율'이라고 부를 때가 제일 짜증난다. '율'이라고 부르고는 아무 말도 안 한다. 그리고 페니모르 쿠페르처럼 나를 쳐다보는데 그게 더 안 좋다. 페니모르는 품종 자체가 그런 깊은 눈을 가진 고양이다. 페니모르의 눈엔 우주만큼 깊은 애수가 담겨있지만 엄마는 그저 기분에 따라 달라질 뿐이다. 지금 엄마의 기분은 말할 것도 없이 최악이다. 스베타 아줌마가 죽었다.

나는 그제서야 정신을 차렸다.

"잠깐만…… 돌아가셨다고? 진짜?"

당연히 진짜지! 누가 이런 걸 가지고, 그러니까 사람이 죽었다는 말을 농담으로 하겠어? 정신 나간 멍청이라면 모를까! 하지만 난 이해가 안 됐다. 지난주에 필하모니에서도 스베타 아줌마를 봤는데. 그래, 지난 목요일에. 이른 아침 비행기로 페테르부르크에서 왔지만 괜찮아 보였어. 내 말은, 다 죽어가는 사람이 음악회에 다니진 않잖아? 아무리 남편의 공연이라고 해도 말이지. 중간 휴식 시간에 엄마랑 이야기도 하고 갓 만든 에클레르를 파는 작은 카페에 날 데려다 주기도 했지.

"엄마, 아줌마 서른 살 밖에 안 됐잖아!"

"서른넷이야. 아줌마가 아팠어, 율랴. 그런데 아무한테도 얘길 안 한 거야."

"무슨 병이었는데?"

무슨 병이었는지 알면 무슨 소용이야? 소파에 앉은 나는 가슴속에 구름이 부풀어 오르는 걸 느꼈다. 큰 먹구름이다. 난 곧 큰 소리로 울음을 터뜨리겠지. 입을 팽팽한 줄처럼 양옆으로 잡아당기고 뭔가 신나는 일을 생각하기 시작한다. 이렇게 하는 게 가끔은 도움이 된다. 아줌마는 여름과 가을 내내 보라색 줄무늬에 초록색 조각배가 그려진 원피스를 입고 다녔다. 원피스가 그거 하나밖에 없었는지, 아니면 그 옷을 정말 좋아해서 그랬는지…….

"율, 울지 마." 엄마가 옆에 앉아 날 안아준다. "아니다, 울고 싶으면 그냥 울어."

엄마, 나 좀 꼭 안아줘! 세게 안아줘!

"전신 홍반 루푸스라는 희귀병이었어. 치료를 받았어야 했는데 스베타가 계속 미뤘어. 아줌마 알잖아."

난 갑자기 화가 나기 시작했다.

"알지! 그 사람 때문에 아줌마가 치료를 안 받은 거잖아. 딱 봐도 알겠어. 그 훌륭하신 마에스트로 때문이야."

"율랴!"

"알았어, 그냥 살라고 해."

"베르카 말이지? 그럼 너도 동의하는 거다?" 엄마는 마치 내가 동의하느냐 마느냐에 따라 이 일이 결정되는 것처럼 진심으로 기뻐했다. 이미 다 결정해 놓고선.

"그래도 내 방에서 같이 사는 건 아니지? 그렇지?" 나는 내 주특기인 뢴트겐 광선을 쏘며 엄마를 쳐다봤다.

엄마는 말이 없다.

"진짜 너무하잖아! 말도 안 돼!"

일어나서 세수하러 욕실로 갔다. 코도 풀어야지.

역사적인 만남

베르카를 처음 봤을 때가 선명히 기억난다. 아마 그때 아빠가 새로 산 멋진 캐논 카메라로 우리를 찍어줘서 그런 것 같다. 그 역사적인 만남을 각인시키기 위해 아빠가 사진을 찍은 거다!

앨범을 꺼내서 사진을 본다. 카프론 리본이 길게 달린, 예쁜 원피스를 입은 일곱 살의 두 소녀가 있다. 손에는 색색의 글라디올러스 다발을 들었다. 둘은 눈썹을 찌푸리고 서로를 쳐다보고 있다. 뒤에는 담임 선생님인 릴리야 세묘노브나가 얼굴이 뒤틀린 채로 있다. 입은 어디론가 사라졌다. 아마 상급생 한 명을 야단치고 있었는데 자신도 사진에 찍히는지 몰랐나 보다. 알았다면 미소를 지었을 테니.

9월 1일. 태어나서 처음으로 학교에 간 날이다. 정말 무서웠다. 입학식이 끝나자 어른들이 나와 베르카를 짝지어 서로 손을 잡으라 하고, 릴리야 세묘노브나를 따라 2층 교실로 올려보냈다. 베르카의 손은 할머니 손처럼 뜨겁고 건조했다. 그녀의 몸은 주름이 많고 거칠고 주근깨도 많았다. 또 그녀에게서는 뭔지 모를 좋지 않은 냄새가 났다. 교실에 오니 물어보지도 않고 우리 둘을 같은 책상에 앉혔다. 3분단 첫째 줄에. 그리고 우리는 2년 내내 한 책상에 앉아 서로를 조용히 미워했다. 하지만 이런 얘기는 아무에게도 하지 않았다. 우리 사이가 왜 이런지 우리 스스로도 이해하지 못했으니까.

나중에 베르카는 페테르부르크로 떠났고 나는 드디어 맘 편히 살게 됐다. 진짜 친구도 생겼다. 정말 좋아하던 친구 마샤랑 같이 앉게 됐고, 내 인생에도 눈부신 행복의 줄무늬가 그려지기 시작했다. 다른 별에서 온 듯한, 도무지 이해할 수 없는 베로니카 볼코바가 더 이상 없었기 때문이다. 부모님이 항상 웃으며 비위를 맞춰주는, 그녀의 괴상하고 엽기적인 지휘자 아빠도 없다. 더 이상 필하모니 콘서트홀에서 못 견디게 지루한 교향곡을 듣지 않아도 된다. 아예 안 가진 않지만 예전처럼 자주 갈 일은 없다.

하지만 이렇게 즐거운 시간이 더 이상 지속될 수 없다.

3장. 오스트리아 빈 근교에

"이제 어떻게 살지? 그 애는 되게 사나워. 그리고 진짜 이상해."

"너네 둘이 친구 아니었어?"

료바는 노트북으로 게임을 하며, 기관총으로 누군가를 쏘고 있다. 난 투덜대며 콧숨을 내쉬었다. 남자라서 그렇다. 인생을 잘 모른다.

"우리 엄마랑 걔네 엄마가 친구라고 했잖아. 정확히 말하자면 친구였지. 엄마들끼리 우릴 데리고 다닌 거야. 콘서트도 가고, 연습에도 데리고 다니고, 서로 집에도 가고. 계속 붙어 있는데 말을 안 할 순 없잖아?"

"그러네."

"걔랑 둘이서만 있으면 정말 무서워. 한번은 다 같이 걔네 집에서 자게 됐는데 부모님들은 또 늦게까지 음악을 연주했어. 근데 걔네 집엔 가구가 없거든."

"으응?" 료바가 흥미롭다는 듯 반응했다.

"집이 텅 비었어. 침대가 딱 하나밖에 없고 소파도 없어. 안락의자도 하나 없어. 그랜드 피아노랑 식탁 말고는 아무것도 없어! 그래도 페테르부르크잖아. 근데 여기나 거기나…… 암튼 카펫이라도 깔아 놓으면 덜 삭막할 텐데 예브게니 올레고비치는 돈을 모으기만 해. 아빠가 말해줬는데 오스트리아로 이민 가서 빈 근교에 아파트나 주택을 살 거라고 했대."

"그렇구나."

"아무튼 베르카 방에 가서 침낭 속으로 들어갔어. 나는 수다 좀 떨다가 자려고 했지, 남자친구에 대해서도 물어보고 싶었고. 야로슬라브에 사는 어떤 남자랑 편지를 주고받고 있다고 했거든. 근데 '걔 지금 정신 병원에서 치료 중이야. 자아 분열이래. 빅토르는 자기를 퓨마라고 생각해' 이러잖아. 그래서 '진짜? 근데 그런 병은 고칠 수 있어?'라고 물으니까 '고주파 전기로만 가능해. 머리에 특수 흡착기를 붙이고 전기가 통하게 하는 거지' 이러더니 몸을 막 떨잖아. 눈도 크게 뜨고. 안 그래도 베르카 눈이 좀 튀어나온 편인데. 손가락도 이렇게 꺾고 침 낭 채로 휘청이면서 방 안을 돌아다니는 거야. 캄캄한 방에서 말도 안 하고, 아무 소리도 안 내고 몸만 파르르 떤다는 거지!"

료바가 뭔가 알 수 없는 말을 중얼거렸다.

"아무튼 개랑 같은 방에서 살 걸 생각하면 집에서 뛰쳐나가 고 싶어. 료바, 내 말 듣고 있어?"

나는 후드 모자가 달린 무심하고 네모난 등에 대고 물었다. 그가 나보다는 기관총을 훨씬 좋아하는 게 아닐까 하는 생각이 들 때가 있다. 나를 전혀 사랑하지 않는다고 느낄 때도 있다.

료바가 일시 정지 버튼을 누르고 뒤돌아보며 말했다.

"율랴, 뭘 걱정해? 잠깐 같이 사는 거잖아." 나를 보며 멋진 미소를 짓는다. 사진이라도 찍어서 잡지사에 보내고 싶다. "아 니면 우리 집으로 와!"

"그게 해결책이야?" 쏘아붙이긴 했지만 속으로는 너무 기뻤 다. 물론 티를 내진 않았지.

"왜? 우리 집에서 살면 되지, 우리 부모님도 너 완전 좋아하 잖아. 너네 부모님은 그 볼코다보바랑 사시라 그래, 그렇게 원 한다면."

"걔 성은 볼코바야. 암튼 네 솔깃한 제안은 생각해 볼게."

"당연하지, 생각해 봐." 료바는 다시 게임을 하기 시작했다.

그의 엄마가 문을 두드리며 양고기 파이를 먹으라고 한다. 난 내일 시험이 있어서 공부하러 이만 가봐야 된다고 둘러대고 급히 그의 집을 나왔다.

남의 부모님이랑 같이 앉아 이야기하는 건 정말 싫다. 내가 무슨 전시회 진열품인 것 같은 기분이 든다.

천장에

"나한테 취카가 달라붙어 있어."

"뭐?"

그녀는 항상 이런 식으로 날 당혹스럽게 한다. 뒤로 다가와서는, 이런 류의 이상한 말을 불쑥 던진다.

"취카! 내 방에 살고 있는데 천장에서 내려오곤 하지."

베르카가 친절하게 설명했다.

나는 그 말이 진짜인지 가짜인지 도무지 이해가 안 돼서 볼코바를 쳐다봤다.

베르카는 잠깐 아무 말이 없다가 이내 웃음을 터뜨렸다. 기관지염에 걸린 늙은 하이에나 같아. 그 웃음소리를 들으면 소름이 돋는다. 그러고서는 운동장으로 달려나갔고 나는 다시 교실로 돌아왔다. 오늘은 내가 당번이다. 남자애들이 낙서해 놓은 칠판을 깨끗이 지워야 한다, 릴리야 세묘노브나를 위해.

바로 그날 밤 악몽을 꿨다. 컴컴한 무언가가, 조용하고 교활하고 불쾌한 무언가가 저 천장 구석에 숨어 있다. 바로 내 침대 위, 유리로 된 야간등이 달려 있는 곳에.

나는 그곳을 보며 꼼짝할 수가 없다. 손발이 묶인 것 같다. 벌떡 일어나 부모님 침실로 내달리고 싶다. 복도를 지나 문을 열면 만세! 구원이다! 이불 속 부모님 사이를 파고들면 전혀 무섭지 않고 좋을 텐데.

하지만 그럴 수가 없다. 불쌍한 내 다리는 나무처럼 굳어버렸다. 그 흉측한 것이 뛰어내리려 한다. 몸을 한껏 긴장한 채 나를 공격할 준비를 하고 있다. 천장에 붙어 있다가 곧 내 머리로 떨어질 거야, 끈적끈적한 촉수와 함께!

잠에서 깨어나 이불을 걷어차고 부모님 방으로 달려갔다.

베르카 덕분에 이젠 내 방에도 취카가 산다.

페인트 붓이 만들어낸 얼굴

우린 하루 종일 그들을 기다렸다. 그녀 때문에 토요일을 꼬박 집에서 보내야 했다. 마침 아주 오랜만에 료바가 문자를 네 번이나 보내며 (그로서는 기록적인 일이다) 나를 스웨터로 불렀지만 나갈 수가 없었다.

피테르[1]에서 출발하는 비행기가 아침 여덟 시 반에 도착하기 때문에 아빠는 시간에 맞춰 마중을 나갔다. 그런데 혼자 되돌아왔다. 예브게니 올레고비치가 저녁 비행기로 올 거라고 전화했다고 한다. 전화를 좀 더 일찍 할 수는 없었나! 아빠는 도시 전체를 가로질러 공항까지 갔다가 그냥 돌아온 거다. 길도 많이 막히는데. 그리고 방금 저녁 비행기 시간에 맞춰 다시 나갔다.

스베타 아줌마의 장례식은 상트페테르부르크에서 있었다. 돌아가신 곳은 바르나울이지만 페테르부르크가 고향이기 때문이다. 오래된 사원에서 장례를 치렀다. 베르카는 장례식이 끝난 후 이 주 동안 할머니 집에서 지냈고, 그동안 예브게니 올레고비치는 독일에 다녀왔다. 할머니 집 외엔 그녀가 있을 만한 곳이 없었다. 할머니는 혈압도 높고 귀도 먹은 상태였다. 정확히 말하자면 거의 듣지 못한다. 또 다른 할머니도 있었는데 그녀는 얼마 전 신장 수술을 받았다고 한다.

생각 같아서는 볼코바 부녀가 아예 오지 않았으면 좋겠다.

---

1) 러시아 제2의 도시 상트페테르부르크로, 줄여서 '페테르부르크' 또는 '피테르' 라고 부른다.

난 침대에 앉아 또 한 번 내 방을 둘러봤다. 이제 더 이상 내 방이 아니다. 이런 일이 생길 거라곤 상상도 못 했다. 여름 방학이 되면 손수 내 방을 고칠 계획이었다. 벽지도 새로 바르고. 그런데 이젠 의욕이 완전히 사라졌다.

침대 두 개. 아니, 진짜 침대 하나와 간이침대 하나. 옷장 두 개, 책상 두 개. 스탠드 두 개, 협탁 두 개. 이건 방이 아니라 청소년 수련원이다! 중고품 가게다! 아빠는 베르카도 쉴 곳이 있어야 한다며 거실에 있던 안락의자를 내 방에 들여놓으려 했다. 하지만 난 아빠에게 '안락의자를 택하든지 나를 택하든지 해!'라고 완고하게 말했다. 그걸 도대체 어디에 놓겠다는 거야? 천장에 매달아? 이런 운명이라면 료바네 집에 살면서 1년 내내 양고기 파이를 먹는 게 나을 것 같다.

엄마는 베르카의 심리를 압박할 수 있으니 벽에 붙은 포스터도 떼어 내라고 했다.

"방은 중립적이어야 돼, 알겠니? 베르카가 잘 적응하도록 도와줘야 해."

도대체 파이브 세컨즈 오브 서머가 뭘 어떻게 압박한다는 건지 이해할 수가 없다. 엄마, 설명을 좀 해줘 봐! 날 아예 이웃집으로 내쫓지 않은 게 다행이다.

벨 소리가 난 것 같다!

급속도로 우울해진다. 속이 울렁거린다.

부엌에 있던 엄마가 문을 열기 위해 급히 달려나온다. 엄마는 온종일 커틀릿을 튀기고, 하르초 수프를 끓이고, 샐러드 재료를 썰었다. 베르카가 이곳에 정착하는 걸 돕기 위해 회사에 4일치 휴가까지 냈다. 학교도 알아봐야 하고, 여러 가지로 일이 많은가보다.

난 그냥 여기 있을래. 난 끝까지 방에서 나가지 않기로 했다. 침몰하는 배의 선장처럼 꿈쩍도 안 하고 이렇게 문 뒤에서 관찰만 할 거다. 유리가 끼워진 방문이다.

"이게 누구예요!" 엄마가 반갑게 외치며 두 팔을 벌리고 복도로 달려나갔다. "예브게니 올레고비치! 베르카! 어서 오세요. 어서 오세요. 너무 오래 기다려서 힘들었어요."

뭐.

그래.

이제.

끝이네.

진짜 온 거구나! 마음속으론 4층집 아줌마가 계란 좀 달라고 온 게 아닐까 기대했건만. 그 아줌마는 항상 우리 집에 와서 식료품을 빌려간다. 그 어떤 똑똑하고 용감한 사람이 비행기를 납치해 주길 바랐다. 그래서 우리 도시가 아닌 캘리포니아 어던가, 예를 들어 샌타바버라 같은 곳에 착륙했으면……. 이런 복잡한 상황엔 그렇게 되는 게 모두에게 좋지 않을까? 베르카나 나나, 모두에게.

"류다! 반가워요. 어째 점점 더 좋아보이시네요. 몇 살이예요? 스물다섯? 아하하하."

"아하하하." 엄마가 예브게니 올레고비치를 따라 웃는다. 엄마는 저 사람을 정말 좋아한다.

"흠, 제 실내화는 아직 살아있나요?" 장난스럽게 엄격한 말투를 흉내내며 예브게니 올레고비치가 물었다.

"당연하죠, 여기 있어요. 신으세요." 추위에 새하얗게, 동시에 새빨갛게 언 아빠가 수납장 속으로 몸을 수그리더니 슬리퍼가 담긴 벨벳 주머니를 꺼내 왔다. 예브게니 올레고비치를 위해 특별히 마련해 둔 것이다. 굽이 약간 있는, 마에스트로를 위한 퍼스널 슬리퍼!

"베르카, 왜 그렇게 서 있어? 우리 햇님, 얼른 외투 벗고 들어오세요. 율랴, 베르카 왔다!" 엄마가 불렀다. "안 들리니?"

안 들려, 엄마. 나 귀 먹었어. 나 그냥 여기 없어. 그런데 베르카는 아직 말 한마디 없다. 인사도 안 했다. 아, 정말 나가기 싫어! 이 모든 게 끝날 때까지 여기 내 방에서 한 세 달쯤 꼼짝 않고 있고 싶다.

여기가 더 이상 내 방이 아니라는 생각이 다시 떠올랐다. 이제 어디 숨을 데도 없구나! 사적인 공간을 빼앗겼다.

"율랴! 우리 딸 어딨어?" 아빠가 크고 묵직한 목소리로 부른다.

그래, 이젠 나가는 수밖에. 베르카는 어떻게 변했을까? 그녀를 알아볼 수 있을까? 우리가 마지막으로 본 건, 3년 전 마린스키 극장에 〈잠자는 숲속의 미녀〉를 보러 갔을 때다. 그때보다 더 못생겨지고 주름도 많아졌겠지. 왠지 그럴 것 같다. 시간도 많이 흘렀고, 주름이란 원래 점점 더 늘어나는 거니까.

문을 열고 나갔다. 그녀를 못 알아볼 거라 생각했지만 알아봤다. 조금도 변하지 않았다. 그런데 왠지 모르게 예뻐졌다. 훌쩍 큰 키, 마른 몸매, 긴 금발 머리. 샐쭉 웃고 있다. 여왕이잖아? 아니다, 『보그』 잡지를 찢고 나온 피곤한 모델이다.

갑자기 내가 난쟁이, 그것도 뚱뚱한 난쟁이가 된 듯했다. 나도 열다섯 살인데, 생일은 아마 베르카보다 두 달 정도 늦을걸?

"예브게니 올레고비치, 안녕하세요? 오시느라 고생하셨어요."

그 사람에겐 상냥한 인사말을 건넸지만 베르카에겐 고개만 끄덕이며 '안녕!' 그게 다였다. 그녀는 다시 한쪽 입가를 샐쭉하더니 젖은 부츠를 벗으려고 잡아당기기 시작했다. 그것도 카펫을 밟고 주변에 발자국을 찍어 대면서.

"넌 근데 여전히 말라깽이구나. 왜, 엄마가 먹을 걸 안 주셔?" 예브게니 올레고비치가 타고난 뻔뻔함을 드러내며 말했다.

"애가 살을 빼고 있어요." 엄마가 걱정스레 대답했다.

"흠, 티도 안 나는 데요." 베르카가 콧방귀를 뀌며 말했고, 엄마와 그녀는 정답게 웃음을 터뜨렸다.

"율랴, 베르카한테 방도 보여주고 뭐가 어디에 있는지 설명해 줘라." 아빠가 부탁하며 내게 윙크했다. 그 윙크의 뜻을 안다. '우울해하지 마! 다 잘 될 거야!'

나는 갑자기 큰 소리로 울고 싶어 졌다. 침대 위에 쓰러져 베개에 얼굴을 파묻고 한 삼십 분 정도 맘껏 울고 싶다!

여기서 무너지면 안 돼!

난 미안하다 말하고 급히 화장실로 향했다. 얼마나 앉아 있었을까. 십 분? 한 시간? 엄마가 와서 두어 번 문을 두드렸고, 사춘기에 대해 말하는 게 들렸다. 내가 사춘기라 그러는 것이니 신경 쓰지 않아도 된다는 뜻이다. 아무튼 그렇게 둘러댔다. 배신자!

나는 변기에 앉아 화장실 문을 슬프게 바라봤다. 인생이 어쩌다가 아주 갑작스레 끝나버렸다. 아빠가 몇 번이나 덧칠을 했다. 화장실 문 말이다. 페인트 붓에서 떨어져 나온 털들이 문에 붙었는데 아빠는 그 위를 또 덧칠했다. 그렇게 화장실 문에 얼굴 모양이 생겼다. 얼굴에게 말한다.

"스베타 아줌마가 아니라 차라리 그 사람이……."

아니야, 얼굴에게 내가 무슨 말을 했는지는 말하지 않을래. 이건 개인적인 거고 나쁜 거니까. 이런 건 화장실 문에 페인트 붓이 만들어낸 얼굴에게도 말하면 안 되는 거다. 생각하는 것 자체만으로 비열한 거다.

아무튼 얼굴과의 대화가 도움이 됐다. 약해지지 말자고 스스로 다짐했다. 사랑하는 베르카, 난 네가 생각하는 그런 애가 아냐. 어릴 적엔 겁먹은 채 칠판을 닦았지만 그 뒤로 많은 게 변했어. 그래…….

난 부엌으로 갔다. 모두 식탁에 앉아 차를 마시고 있었다.

"베르카, 방 보여줄게. 가자!"

그녀가 아무런 표정 없이 나를 보더니 대답했다.

"가자."

4장. 피테르가 아니라 페테르부르크!

베르카는 방에 들어오자 마자 백팩을 던지고 간이침대 위로 털썩 쓰러졌다.

"거기 말고 이 침대를 써." 그녀에게 말했다.

"이게 네 옷장이고 안에 옷걸이도 있어. 부족하면 더 줄게."

"나 옷 별로 없어." 베르카가 하품을 하며 말했다. 머리 뒤로 깍지를 끼고 아주 자기 집처럼 편한 자세로 누워있다. 예의나 눈치가 전혀 없구나. 그래도 페테르부르크 여자 김나지아[1]에 다녔다는 애가……. 쫓겨나긴 했지만.

---

1) 중등 교육 기관으로, 일반 학교에 비해 교과 진행, 학습 지도, 시설 등이 보다 우수하고 전문적이며 학비도 비싼 편이다.

"책상이랑 협탁은 여기 창가 옆에 있는 걸 쓰고. 헤어드라이어 넣어 놨어. 수건이랑 이불보도 있고."

"알았어."

"근데 캐리어는 어딨어?"

방 한가운데, 카펫 위에 서 있는 내가 꼭 화분에 심겨진 야자나무 같다. 손은 어디에 둔담? 내 방이 아니라 그녀의 방인 것 같다. 마치 내가 그녀의 방에 허락도 없이 들어온 것 같은.

"캐리어 없어. 아빠가 필요한 건 여기서 다 사준다고 했거든. 지방이 물가가 훨씬 싸대."

"그렇구나."

더 이상 할 말이 없다. 하긴, 할 얘기가 뭐가 있겠어? 150년 만에 만났으니 서로 모르는 사이나 마찬가진데.

"그래도 이 침대로 와서 누워, 넌 손님이잖아."

나는 그녀가 척추 측만증이라는 걸 알고 있었다. 그래서 너무 푹신한 곳에 누우면 안 된다고 엄마가 말해줬다.

"아냐, 여기도 괜찮아." 베르카는 그렇게 대답하고 아이폰을 꺼낸 뒤 누군가에게 문자를 쓰기 시작했다.

나는 알았다는 뜻으로 어깨를 으쓱했다. 그럼 나도 더 좋지. 책상에 앉아 연필꽂이에서 날카롭게 깎인 연필을 꺼낸다. 손가락 끝마디 봉긋한 곳을 차례대로 찌르기 시작한다. 이렇게 하면 마음이 안정되고 좋다.

"피테르는 어때?"

"피테르가 아니라 페테르부르크야." 베르카가 찡그리며 말했다. "뭐, 괜찮아."

"할머니는 어떠셔?"

그녀의 할머니 빅토리아 페트로브나를 알기 때문에 그냥 물어봤다. 2학년 때 리테이니 거리에 있는 할머니 집에서 며칠을 지냈었다.

"할머니도 괜찮아. 뭐 새로울 게 있겠어?"

"저기, 그 일은 되게 유감이야…… 스베타 아줌마 돌아가신 거…….”

"닥쳐."

"뭐?"

"들은 대로."

"미안해, 나는…….”

"잠깐이라도 좀 조용히 하면 안 돼?" 베르카가 간이침대에서 일어나 노려보며 말했다.

"미안해. 화나게 할 생각은 아니었어."

"아 제발 입 좀 다물라고!"

"베르카, 너는…….”

"주둥이 닥쳐, 멍청아!"

나는 너무 무서웠다. 지난번처럼 나한테 달려들면 어쩌지? 너무 무서워서 벌떡 일어나 방에서 뛰쳐나왔다. 문을 쿵 닫고 복도 한가운데 덩그러니 멈춰 섰다.

이젠 어디로 가지?

훨씬 나이가 많아

베르카와 나는 오래된 포플러 나무 아래 울타리에 앉아 있다. 엄마와 스베타 아줌마는 파티를 준비하고 있다. 예브게니 올레고비치의 40번째 생일이다. 준비하는 데 방해가 되니 나가서 산책이나 하라고 우리를 내보낸 거다. 생일 파티는 우리 집에서 하기로 했다. 왜냐하면 그 집엔 가구가 없으니까. 우리 집엔 의자도, 소파도, 안락의자도, 크게 펼칠 수 있는 테이블도 있으니까. 오케스트라 거의 전체가, 그러니까 예브게니 올레고비치와 갈등이 없는 단원들은 전부 와서 앉을 수 있을 거다.

"너네 엄마가 우리 엄마보다 일찍 죽을 거야."

베르카가 밑도 끝도 없이 말했다.

"뭐?"

베르카는 원래 그런 아이다. 대체 어떤 사람이 이런 말을 입 밖으로 꺼낼 수 있을까? 생각이라도 할까? 그녀 외엔 없을 거다.

"류다 아줌마가 우리 엄마보다 훨씬 나이가 많아."

"그래서 그게 뭐? 전혀 상관없는 일이야."

"당연히 상관이 있지!" 베르카가 내 눈을 보며 미소 지었다.

나는 시선을 피했다. 이런 말을 왜 하는 거지?

"사람들은 대부분 나이가 들면 죽게 되는 거야, 알아? 하지만 우리 엄마는 젊어."

"우리 엄마도 젊어!" 나는 소리를 지르며 울타리에서 일어났다. "바보야! 우리 엄마 안 죽어!"

"사람은 누구나 다 죽어. 흥분하지 말고 앉아."

나는 순순히 그녀의 말을 듣고 다시 옆에 앉았다. 잠시 동안 우린 말없이 앉아 있었다.

베르카의 머리 위로 포플러 나무의 싹이 떨어지더니 머리칼에 붙었다. 그걸 떼어주려고 손을 뻗었는데 갑자기 베르카가 팔을 휘두르며 내 얼굴을 때렸다. 손바닥으로 있는 힘껏 내 뺨을 때렸다.

그리고 좀 큰 남자애들이 담배를 피우러 가는 차고 뒤쪽으로 달려갔다. 나는 울면서 집으로 와 엄마한테 일렀다.

한 시간 후에 손님들이 오고 파티가 시작됐다.

5장. 디지털 디톡스

"진짜 그렇게 말했다고?"

마샤는 아무래도 내 말을 안 믿는 것 같다. 그녀는 태생적으로 너무나 착해서 모든 걸 선하고 밝게만 보는 경향이 있다. 주위 모든 사람들이 천사나 되는 것처럼 생각한다. 한번은 차가 그녀에게 돌진했는데 운전자는 젊은 청년이었다. 면허도 없고 나이도 우리보다 어린 것 같았다. 아버지 차로 드라이브를 하려 했는데 때마침 거기에 마샤가 있었던 거다.

마샤는 그 미친놈의 자동차를 피해 눈 더미로 껑충 뛰었고 다리가 부러졌다. 원래는 재판까지 갈 예정이었지만 마샤가 그의 부모님에게 전화해서 아무 책임을 묻지 않겠다고 말했다.

난 정말 미치는 줄 알았다. 책임이 없다니, 그게 말이 되냐고! 그러고선 자신은 석 달이나 깁스를 하고 다녔다. 마샤의 깁스한 다리에 우리 반 애들이 전부 사인을 하는 바람에 깁스가 꽤 멋지게 보였었다.

나와 마샤는 지금 레닌 거리를 따라 걸으며 스웨터로 가고 있다. 친구들이 아마 오랫동안 기다리고 있을 거다.

"입 닥쳐라니! 내 집에 있으면서, 내 방에 있으면서 나보고 입 닥쳐라니!"

"그래도 엄마가 돌아가셨잖아. 지금 얼마나 힘들지 알 것 같아." 마샤가 생각에 잠겨 잠깐 걸음을 멈추고 말했다.

"마샤, 그건 나도 잘 알아." 나는 그녀를 이해시킬 마땅한 말을 찾지 못해 답답했다. "그러니까…… 아무튼, 걔는 항상 그런 식이었어. 내 기억으론 평생 그런 애였어. 엄마가 돌아가신 거랑은 아무 상관이 없다니까!"

"모르겠어." 마샤가 코를 훌쩍이며 말을 이어갔다. "내가 볼 땐 그게 상처가 된 거야, 심리적 외상. 심리학자한테 데려가야 하지 않을까?"

"우리 엄마가 심리학자인데, 그러니까 정신과 의사. 데려가긴 또 어딜 데려가?"

"이거 봐! 네가 조금만 참으면 걔도 마음을 열 거야."

내가 왜 참아야 되지? 왜 내가 그래야 되는 거냐고? 난 너무 슬펐다. 가장 친한 친구도 날 이해해 주지 못하는데 부모님은 어련할까! 아니면 내가 그냥 못된 사람인가…….

아니야, 난 정상이다. 다른 사람들과 똑같다.

우리는 핸드폰을 꺼서 주머니에 넣었다. 친구들은 카페 베란다에 앉아 있었다. 오늘 저녁은 춥지 않은데도 손님들이 전부 카페 안에서 커피를 마시고 있다.

"안녕!"

마샤가 나무 계단으로 뛰어가더니 보랴의 품에 안겼다. 보랴는 달려온 그녀를 새처럼 가볍게 들어 안고 빙글빙글 돌았다. 그녀의 머리가 떨어져 나갈 것 같았다.

다행히 그렇게 되진 않았다. 마샤와 보랴는 키스를 하고 꿀 떨어지는 말을 한없이 주고받는다. 마치 50만년은 못 본 것처럼! 이 아이들은 원래가 저렇게 재잘거리길 좋아하고 사랑이 넘치는 아이들이다. 쉬는 시간에 사람들이 다 보는 앞에서도 몇 분이고 키스할 수 있다. 복도 한가운데이든, 교무실 옆이든 전혀 상관없이.

나는 슈샤 옆으로 가서 난간에 걸터 앉았다. 미시카도 와 있었다. 애는 누가 또 부른 거지? 나는 아닌데?

우린 그가 누구 때문에 여기에 오는지, 누구 때문에 매번 버스를 타고 시간과 돈을 들여가며 여기에 오는지 알고 있다.

다른 친구들은 다 이 근처에, 같은 지역에 산다. 남자애들은 우리보다 한 학년 높은 10학년이긴 하지만 어쨌든 다 같은 학교에 다닌다. 슈샤, 마샤 그리고 나 – 우리는 서로 제일 친한 친구다. 우리는 멋지다! 정말 그렇다. 자이쩨프, 즈바료프를 비롯한 다른 애들과는 같이 어울려다니지 않는다. 별다른 이유가 있는 건 아니고, 그냥 그 애들은 아직 어리기 때문이다. 나이가 어린 게 아니라 행동하는 게 어리다. 성숙도에 있어서 우리보다 한참 뒤떨어진다. 솔직히 말하면 우리 반 남자애들이 어디서 시간을 보내는지 모르겠다. 그 어디도 아니겠지, 아마 다들 집에만 있을 거야. 슬프게도 브콘탁테에만 있을 걸!

마샤가 거기서 다 같이 나오자고 제안했다. 브콘탁테를 비롯해서 인스타그램이나 모든 SNS에서 나오자고 했다. SNS를 반대하는 플래시몹인 셈이다. 마샤는 이걸 다른 말로 표현했다. 디지털 디톡스! 잠시 동안 인터넷과 모든 기기의 사용을 중단하는 거다. 마샤가 말했다.

"예전 사람들은 교제하는 법을 알았어. 근데 지금은 서로 리포스트만 하잖아. 자기 스스로 생각해서 글을 쓰는 사람도 없고 다 똑같아지는 거야. 무슨 말인지 알지?"

우린 이해했다. 물론 곧바로 이해한 건 아니지만 마샤의 아이디어를 모두 맘에 들어 했다. 특히 보랴가 더욱. 우리는 엘리트고, 새로운 트렌드의 창시자고, 뭐 그런 거. 이제는 핸드폰도 사용 금지다. 스웨터에서 모일 때는 그 어떤 디바이스도 사용 금지다. 마샤는 이걸 '눈 맞추며 하는 교제'라고 부른다.

솔직히 처음엔 정말 별로였다. 꽹장히 힘들었다. 다들 무슨 얘기를 나눠야 할지 몰랐다. 보통은 여기 베란다에서 모이는데 날씨가 추우면 안으로 들어갔다. 우리는 레프라 블로그에 올라온 인기 포스트에 대해 얘기를 하거나 서로의 사진에 좋아요를 눌러주며 시간을 보냈다. 스마트폰만 있으면 이야기는 저절로 흘러넘쳤다. 그런데 그걸 안 한다고?

플래시몹을 시작하고 이 주 동안은, 비유적으로 표현하자면, 우리가 서로에게서 들은 건 정적이었다. 타고난 웅변가는 우리 중에 단 한 명 뿐임이 드러났다. 맞다, 마샤다. 그 유명한 미시카의 위트도 어디론가 증발해버렸다. 그는 우리 커뮤니티의 멤버가 되기로 혼자 작정하고 스웨터에 오고 있었다. 아무도 그를 초대하지 않았는데 말이다. 반대로 10학년 B반의 벨랴예프는 슬그머니 사라졌다. 아이폰을 하지 않는 건 고상하지 않다나? 하긴 새로 산 아이폰을 자랑할 수가 없어졌으니…… 스웨터에 더 이상 오지 않는다. 그러라지 뭐.

우리는 차츰 이야기를 나누기 시작했다. 마샤가 방법을 생각해냈다. 차례대로 서로를 인터뷰 하는 거다. 어떤 질문이든 할 수 있고 대답하는 사람은 길게 생각하지 않고 바로 대답해야 한다. 하지만 우리 중에 브레이크 담당도 있었으니…… 아니, 난 아니다. 나는 소설을 많이 읽어서 스스로를 표현하는 데 어려움이 없다. 하지만 슈샤는 어려워한다. 그래도 난 그녀가 좋다. 슈샤, 사랑해!

"10년 후에 너는 어떤 모습일 것 같아?" 마샤가 보랴에게 질문했다. 가죽 장갑을 벗어서 마이크처럼 앞에 들었다.

보랴의 한마디에 우리는 다 쓰러졌다.

"앙트러프러너[1]."

앙트러프러너? 나는 세 번째 시도에야 겨우 이 단어를 발음할 수 있었다.

"뭐? 뭐라고?" 슈샤가 킥킥거렸다. 왠지 모르지만 그녀는 이걸 이상하고 안 좋은 거라고 생각했나 보다.

"예술 분야의 사업가가 되고 싶어, 아버지처럼."

보랴의 아빠는 수영장 맞은편 오래된 건물에 아트 갤러리를 운영하신다. 종종 엄마가 그린 정물화의 액자를 이곳에 주문하

---

1) 사업가, 기업가.

기도 한다.

"그러니까 너는 아버지의 길을 따라 가고 싶은 거네?" 마샤가 기자 역할을 꽤 잘 하고 있다.

"아니, 아버지가 원해서. 가업으로 잇길 원하시거든."

"너도 그게 좋아?" 마샤가 끈질기게 물었다.

"나는……." 보랴가 잠시 뜸을 들이더니 말을 이어갔다. "나는 어떤 방송 프로를 좋아하는데……. 너네 〈세계로 떠나는 여행〉이라는 프로그램 알아? 그 프로를 진행하고 싶어. 여러 나라를 돌아다니면서 원주민이나 산악인 같은 흥미로운 사람들을 만나는 거야. 에베레스트산에도 가보고 싶고."

내 생각에 이 이야기를 듣고 마샤는 보랴에게 더 흠뻑 빠진 것 같다.

"이제 나한테 물어봐!" 미시카가 말했다. 그는 늘 이렇게 김칫국부터 마신다.

"율랴가 질문할 차례야." 마샤가 내게 마이크를, 그러니까 가죽 장갑을 건네며 말했다.

하지만 난 뭘 물어봐야 할 지 모른다. 미시카에겐 전혀 관심이 없다. 개인사든 뭐든 관심 없다. 만약 내가 뭐라도 물어보면 또 자기 혼자 상상에 빠지겠지.

"너희 고양이 이름이 뭐야?"

"그런 질문은 안 돼." 마샤가 바로 끼어들었다. "대답하는 사람이 자신의 이야기를 펼쳐 나갈 수 있도록 해야지, 대화가 이어지게끔. 알았지?"

알았어, 알았어. 생각해 볼게.

"미시카, 넌 여기 왜 오는 거야?" 내가 물었다. "백 리 천 리 먼 길 떠나 오잖아. 넌 우리 학교도 아니면서. 너네 학교엔 친구가 없어?"

내 말에 다들 긴장했다. 얘네들은 모두 미시카를 좋아한다. 그가 너무 재미있고 웃기다고 생각하는데 난 그렇지 않다. 한번은 그가 내 가죽 코트에 껌을 붙였다. 입에서 껌을 뱉더니 내 코트에 껌을 꾹 눌러 붙였다. 그것도 털로 된 소매에! 이게 대체 정상이냐고! 또 한 번은…… 아냐, 그냥 나중에 말해 줄게.

"있어." 그가 대답했다. "친구 있다고."

이게 전부다.

아무튼 난 이야기를 나눴고 대화를 성사시켰다. 중요한 건, 이젠 스마트폰에 고개를 박고 있진 않는 거니까.

"너한테 오잖아, 너 보러." 슈샤가 말했다. 당연히 삼척동자도 아는 사실이다.

"나한테 올 필요 없어!" 난 크게 소리 질렀다.

슈샤 때문에 짜증이 났다. 왜 끼어들지? 미시카가 잠자코 있는 것도 싫었다. 말없이 서 있는 미시카를 친구들이 안타깝게 보고 있다.

그래서 뭐? 내가 다른 사람을 좋아하는 게 잘못이야?

미시카는 잠시 후 운동하러 갈 시간이라며 인사하고는 카페를 나갔다. 그는 가라테를 배운다.

아무튼 이제 진짜 중요한 시간으로 되돌아와서! 베르카에 대해 모두에게 얘기해줬다. 더 이상 인터뷰는 하지 않고 말이다. 친구들은 그녀에게 큰 관심을 보였고 왠지 모르지만 그녀를 굉장히 특별한 존재로 여겼다. 슈샤만 제외하고. 슈샤는 자기가 키도 크고 금발이니까 그럴 만하다. 그런데 보랴의 절친이자 10학년인 지마 이주모프가 "다음번에 베르카도 데려와서 소개시켜줘"라고 했다.

그에게 생각해보겠다고 했다.

하지만 그럴 생각은 조금도 없지. 내 방에서 쫓겨난 것만으로도 충분해. 친구들까지 그녀와 공유할 순 없어.

골드 리본

2학년 겨울 방학 때 우리는 페테르부르크에 갔다. 다 같이 넷이서. 엄마는 따로 호텔을 잡으려고 했지만 스베타 아줌마가 돈을 아끼자고 했다. 아줌마의

엄마 집에서 지내자고 했다. 할머니가 굉장히 좋아하실 거라고 했다.

그렇게 큰 도시를 돌아다닌 건 처음이었다. 거대했다! 그렇게 넓은 거리도 생전 처음이었다. 건물들은 또 어떻고. 건물들이 전부 파이를 닮았다. 케이크를 닮았다. 나선형으로 돌돌 말린 장식과 도금된 장미꽃이 가득했다. 나는 엄마 손을 잡고 넵스키 대로를 걷고 있었고 귀에는 리본 모양 귀걸이가 반짝였다.

베르카와 나는 귀를 뚫었다. 먼저 베르카, 그 다음에 나. 엄마들은 서로 삐치지 말라고 우리에게 리본 모양의 똑같은 귀걸이를 사줬다. 그 다음엔 다리 위를 지나다가 가판대에서 캐러멜을 묻힌 사과를 사줬다. 나는 사과를 가능한 오래 먹으려고 아주 아주 조금씩 갉아먹었다. 베르카가 자기 사과를 다 먹을 때까지 내 사과가 남아 있어야 했다. 하지만 그녀는 나보다 더 천천히, 현미경으로만 보일 정도로 아주 조금씩 갉아먹었다. 과일에 날아든 초파리처럼 말이다. 그래서 그녀가 또 한 번 이겼다. 우리만의 비밀스런 경쟁에서 그녀는 늘 이겼고 난 정말 쓸모없이 보였다.

"내 리본 귀걸이는 금이야." 베르카가 말했다.

"내 것도 금이야."

우리는 작은 나무 보트를 타고 탁한 물이 흐르는 어떤 운하를 지나고 있었다. 물 위에선 모든 게 거꾸로 비쳤다. 둥근 돔, 쇠로 된 말, 화강암으로 된 공들, 발코니 창살과 기둥. 그리고 새카만 운하의 물결 위로는 갈매기와 휴지들이 떠다녔다.

"네 거는 도금된 거야. 너네 엄마는 돈이 부족해."

"아니야."

"아빠가 미국에서 바비 인형 옷이랑 옷장을 사 올 거야. 그런 거는 카탈로그 보고 거기서만 살 수 있어."

"그런 거 여기도 팔아."

"넌 왜 맨날 거짓말만 해? 질리지도 않아?"

베르카는 일부러 내게서 등을 돌리더니 기다란 빵에서 한 조각을 떼어 갈매기들을 향해 힘껏 던졌다. 갈매기들이 끼룩끼룩 소리를 내며 달려들었다.

"갈매기한테는 빵을 주면 안 돼!"

나는 베르카를 때리고 싶었다. 부어 오른 귓불을 세게 치고 싶었다!

어디서였는지 기억은 안 나지만 읽은 적이 있다. 갈매기에 대해서.

저녁이 되어 남의 집 침대에 누워 엄마를 부둥켜안고 내가 물었다.

"엄마, 리본 귀걸이 말야. 그거 순금으로 된 거야?"

엄마가 어둠 속에서 웃으며 말했다.

"순금이지. 귀를 방금 뚫었잖아. 그래서 순금이 아닌 건 아직은 차면 안 돼."

"근데 베르카가……."

"우리 귀여운 고양이, 어서 자요. 내일 <호두까기 인형> 보러 가니까 일찍 일어나야 돼."

6장. 교향곡 5번

그는, 예브게니 올레고비치는, 아직 여기에 있다. 좀 더 쉬고 잠도 푹 자기 위해 우리 집에 2, 3일 더 머물기로 했다. 그렇담 우리 부모님은 바닥에 에어 매트리스를 깔고 자야 되는데 아주 푹 잘 수 있겠네, 그렇지?

"율, 왔니?" 엄마가 현관에서 맞으며 묻는다. "베르카는 같이 안 왔어?"

"아니." 나는 젖은 워커의 끈을 풀기 시작했다.

"그럼 어딨는데?"

"엄마, 내가 어떻게 알아? 걔가 이동 경로를 나한테 보고하지는 않잖아."

"난 그냥, 너희들이 같이 산책하러 간 줄 알았지. 어머, 잠깐만! 신발 벗지 마. 마트에 좀 다녀올래? 예브게니 올레고비치가 랴젠카[1]를 먹고 싶다고 하셨어."

"직접 갔다 오라고 해. 월요일에 낼 과제 해야 돼."

"그래, 그럼 내가 다녀올게." 엄마가 너무나 슬픈 표정을 짓는 바람에 나는 지고 말았다.

"고마워, 율." 엄마가 돈을 건네줬다. "너랑 베르카 먹을 것도 맛있는 걸로 사 와, 알았지?"

"랴젠카는 초록색 팩에 든 걸로 사와라. 당케 쉔[2]!" 말꼬리를 길게 늘이며 예브게니 올레고비치가 거실에서 소리쳤다.

우리 집 소파에 앉아 있는, 하늘색 슬리퍼를 신은, 벗은 다리가 보인다. 그 다리 위에 페니모르 쿠페르가 자고 있다. 저런 배신자!

"니쉬쭈 당켄[3]." 점퍼의 지퍼를 올리며 이를 앙 다물고 말했다.

---

1) 우유를 발효시켜 만든 음료.

2) 독일어로 '감사합니다'라는 뜻.

3) 독일어로 '천만에요'라는 뜻.

계단이 캄캄하지만 아빠는 등을 교체하지 않기로 했다. 이웃집은 자신들이 전구를 교체할 차례가 되어도 세 번이나 그냥 넘어갔다. 우리는 전구 때문에 그들과 냉전 중이다, 두 강대국처럼. 사람들이 암흑에서 벽에 코를 박게 되더라도 고작 3루블짜리 전구는 절대로, 무슨 일이 있어도 갈아 끼우지 않을 거다! 이런 미친 짓이 벌써 이 주째 이어지고 있다.

그래. 내가 종종 무슨 생각을 하는지 알아? 예술을 하는 사람은 다방면에서 굉장히 훌륭하다. 물론 어느 정도 높은 위치에 올랐다고 전제해야 한다. 지휘자 볼코프[1]를 예로 들어 보자. 나무로 된 사보 슈즈를 신는 위대한 신적인 존재. 초록색 팩에 든 랴젠카를 좋아하는 사람. 잘은 모르지만 항상 '최고'라는 수식어가 따라붙는 사람. 이 사람이 실제로 어떤 사람인지는 아무도 모른다. 아니, 아무도 모른다고 하면 틀린 말이겠고 기껏해야 가장 가까운 친인척 대여섯 정도나 될까? 안타깝게도 이 지휘자를 생활 속에서 맞닥뜨리는 사람은 적다. 우리 행성에 사는 절대 다수 사람들에게 그는 천재 지휘자, 하늘이 내린

---

1) 남자인 예브게니 올레고비치의 성은 '볼코프', 여자인 베르카의 성은 '볼코바'이다. 러시아인들의 성은 이렇게 성별에 따라 마지막 글자가 달라질 수 있다.

음악가, 보기 드문 재능, 눈부심 그 자체다! 하지만 내가 보기엔 지독한 구두쇠에 이기주의자다. 난 그를 꿰뚫어 볼 수 있다.

하지만 우주적 스케일 속의 나는 누구인가? 딱정벌레다. 국제 예술계에서 내 의견이 일말의 의미라도 있을까? 아니면, 그가 오케스트라 악보를 살펴보면서 어마어마한 양의 초콜릿을 먹어 치우고 껍질을 침대 밑에 버린다는 사실 같은 건? 그것도 내 침대 밑에. 예브게니 올레고비치가 우리 별장에 쉬러 오면 항상 내 방을 내준다. 덧창이 있어서 시원하기 때문이다. 아니면 밖에서 밥 먹을 때 자기 식사비를 한 번도 낸 적이 없다든가? 식사비는 매번 우리 아빠가, 아주 흔쾌히, 낸다. 왜냐하면 아빠는 지휘자도 음악가도 아닌 지극히 평범한 건축가이기 때문이다. 국내를 비롯해 해외 여러 도시에 아빠가 설계한 아파트에서 사는 사람이 수백만이다. 하지만 아빠는 신적인 존재는 아니지. 비스크 시에 세워진 9층짜리 건물이 라 스칼라 오페라 극장에 박수갈채를 일으킨 베토벤 교향곡 5번의 천재적인 편곡과 비교나 될까?

억울하다.

아빠가 아니라 내가.

아무래도 내가 못됐나 보다.

랴젠카, 라파엘로 초콜릿 한 상자, 그리고 변절자 녀석을 위한 고양이 간식 한 팩도 샀다. 집으로 돌아간다. 아파트 출입문에 들어서자 집으로 올라가기가 싫어졌다. 창문턱에 걸터 앉아 내가 정말 좋아하는 코코넛 초콜릿 상자를 열었다.

아빠나 마샤 같은 사람들에겐 세상살이가 훨씬 편하다. 그들은 내가 생각하는 이런 것들에 대해선 생각하지 않는다. 나는 항상 생각한다. 생각이 많아 괴롭다.

아래쪽에서 인터폰 소리가 삑삑 울렸다. 징이 박힌 신발 굽 소리가 또각또각 울리며 누군가 위로 올라온다. 나는 창문으로 몸을 돌리고는 입안에 초콜릿 하나를 또 넣었다. 살찌지 뭐.

"여기서 뭐해?" 등 뒤로 베르카의 거슬리는 목소리가 들렸다. 목소리가 그렇게 나쁜 건 아니지만, 아무튼 내 생에 이렇게 기분 나쁜 소리는 그동안 없었다.

"그냥 여기 있고 싶어서."

나는 뒤도 안 돌아보고 말했다. 갈 길 가셔.

"그렇담 뭐." 베르카가 비아냥거리듯 말했다.

또 저 빌어먹을 굽 소리.

초인종.

도어락이 철커덕.

"베르카! 어서 옷 벗고 밥 먹어. 혹시 율랴 못 봤니? 마트에 갔는데 여태 안 오네."

"못 봤어요, 류다 아줌마. 저녁은 뭐예요? 저 너무 배고파요. 하하하하."

"하하하하."

막이 내리고.

나 왜 이렇게 기분이 안 좋지?

내가 살게

미시카에 대해 말해 줄게. 걔가 어떤 애인지는 알아야 하니까.

그 애의 뒷모습이 내 머릿속에 남았다. 그 애한테는 뭔지 모를 위협적이고 불안한 기운이 느껴졌다. 뒤통수가 서늘하면서 오그라드는 느낌을 아는지? 바로 그런 거다.

나는 그때 당시 남자친구였던 다닐이랑 팔짱을 끼고 가고 있었다. 나랑 다닐은 같은 음악 학교에 다니고 있었다. 미시카가 우리 뒤에 있었고, 그때 미시카를 처음 봤다.

그가 소리 질렀다.

"불킨! 옆에 있는 애 누구야?"

불킨은 다닐의 성이다.

아무튼 우린 딱히 반응하지 않고 계속 갔다.

"불킨! 내가 부르잖아. 왜 말이 없어?"

다닐은 창의적인 애였고 바이올린을 연주했다. 하지만 이런 경우에 어떻게 해야 할지는 몰랐다. 미시카 구셰프 같은 길거리 망나니를 보면 어쩔 줄 몰라 했다. 그래서 내가 뒤돌아서 말했다.

"나는 율랴야! 이제 우리 좀 내버려 둬!"

그러자 미시카가 대답했다. "나랑 같이 카페에 가자. 내가 살게!"

그래, 그렇게 뻔뻔한 애다.

난 당연히 대꾸도 안 하고 다닐의 팔짱을 끼고 계속 갔다.

이게 3년 전 일이다. 시간이 지나면 미시카가 날 잊을 줄 알았는데, 그런데 아니었다.

구셰프는 평생 한 여자만 바라보는 남자였다.

남의 소시지

저녁으로 엄마는 피자를 만들었다. 내가 인터넷에서 발견한 대박 레시피로 만든 거다. 그 레시피의 핵심은 피자 도우에 토마토 소스를 충분히, 아끼지 않고 듬뿍 바르는 거다. 그 위에 다시 치즈를 듬뿍 얹는다. 그러면 토마토 소스와 치즈가 한데 섞인다.

예브게니 올레고비치가 피자를 먹더니 늘 그렇듯 엄마를 칭찬하기 시작했다.

"류다, 당신이 만든 피자는 쾌활하게 이글거리는 리하르트 슈트라우스의 음악을 닮았어요. 버섯 피클과 훈제 소시지의 제창은 가히 환상적이에요!"

예브게니 올레고비치는 칭찬에 아주 능하다. 그건 내가 인정한다.

"베르카, 너는 왜 안 먹어?" 엄마가 걱정스레 물었다.

"전 고기는 안 먹어요." 베르카가 빨갛게 칠한 손톱을 보며 말했다. "저 채식주의자예요."

갑자기 더운 기운이 확 올라왔다.

저런 거짓말쟁이! 그녀가 어제 우리 집 바로 이 식탁에서, 바로 이 소시지를 썰고 있는 걸 내 눈으로 직접 봤다! 도마도 놓지 않고! 아주 얇게 썰었다! 모두가 잠자리에 든 그때 베르카는 소시지를 썰었다! 그리고 아마 먹었을 거다. 화장실에 가느라 먹는 것까진 보진 못 했다.

"베로니카!" 예브게니 올레고비치가 덥수룩한 눈썹을 험상궂게 찌푸리더니 고개를 흔들어 머리칼을 넘겼다. "딸아, 매너를 잊지 마라."

베르카는 눈동자를 천장을 향해 굴렸다. 이 둘은 정말 잘 어울리는 한 쌍이다.

"알았어요, 아빠. 잊지 않을게요." 잠시 후 베르카가 무덤처럼 침울하고 낮은 목소리로 말하기 시작했다. "남의 소시지도 먹고요. 주전자에 있는 끓인 물을 마실게요. 세수는 핸드 워시로 하고 잠은 간이침대에서 잘게요. 저녁마다 멍청한 드라마를 보고요, 아델도 들을게요."

부모님은 그저 잠잠히, 기운 없는 토끼처럼 가만히 계셨다. 근데 아델이 어때서? 뭐가 맘에 안 들지?

"사랑하는 아빠, 아빠가 하라는 대로 다 할게요. 근데 한 가지 부탁이 있어요. 제발 여기 있지 말고 어디론가 멀리 꺼져버려요! 이르쿠츠크도 좋으니까! 만약 아빠가 안 가면……."

베르카는 갑자기 테이블에서 일어나 부엌에서 뛰쳐나갔다. 당연히 내 방으로 갔다. 거기 말고 또 어디로 가겠어.

자, 오늘의 장면은 '가족들이 도란도란 이야기를 나누며 피자를 먹었다'가 되시겠다.

얼마 동안 모두 말없이 앉아있었다. 페니모르 쿠페르가 내 다리에 몸을 비빈다. 베르카와는 달리 소시지를 몹시 먹고 싶어한다. 따뜻한 치즈 속 소시지 한 조각을 후벼 파서 몰래 테이블 밑으로 가져갔다. 엄마는 내가 고양이에게 음식을 주는 걸 싫어한다.

"괜찮아요." 엄마가 말했다. "예브게니 올레고비치, 괜찮아요. 애가 스트레스 때문에 그래요."

"예브게니 올레고비치, 걱정하지 마세요." 아빠도 거들었다. "저흰 다 이해합니다. 다 이해해요."

"제냐, 딸을 어떻게 해야 할지 모르겠어요. 스베타가 죽은 후로는 전혀 말을 듣지 않아요." 마에스트로가 크게 상심한 표정으로 두 팔을 들어올렸는데 그 모습은 마치 우리를 두고 지휘할 것 같은 모양이었다.

늘 궁금했던 게 있다. 아빠는 그를 '예브게니 올레고비치'라고 부칭까지 붙여가며 깍듯이 부르는데 그는 왜 아빠를 그냥 '제냐'라고 낮춰 부르지? 두 사람은 동갑이잖아.

"율, 가서 베르카가 어떤지 좀 보고 올래?" 엄마가 부탁했다.

내가 부엌에서 나가길 바란다는 뜻이다. 어른들끼리 진지한 이야기를 나누기 위해서.

'가서 베르카가 어떤 지 좀 봐.' 베르카를 보러 가느니 우리에 갇힌 호랑이를 보러 가는 게 낫겠다. 호랑이는 우리에서 좀 어떤지.

"좀 더 먹으면 안 돼?"

엄마의 말과 시선에 담긴 뜻을 난 다 알아들었다. 그래, 난 아직 말을 잘 듣는 편이니까.

일어나서 피자가 담긴 접시를 들고 거실로 나왔다. 우리 집과는 맞지 않는 소리가 내 방에서 흘러나왔다. 독일 하드 록이다. 쳇, 이어폰을 낄 수도 있잖아? 보시다시피 그녀는 아델을 좋아하지 않는답니다.

소파에 앉아 TV를 켰다. 그럼 이제 멍청한 드라마를 봐야겠군. 호랑이랑 우리 속에 같이 있느니 멍청한 드라마를 보는 게 훨씬 낫다.

'다프네'라는 이름의 남자

베르카가 밤에 울었다. 그녀가 숨죽여 흐느끼는 소리에 잠을 깼다가 다시 잠들지 못했다. 생쥐처럼 이불 속에 가만히 누워 그녀가 녹초가 되도록 흐느끼는 걸 들었다. 간이침대가 흔들릴 정도였다. 나는 깨어 있는 걸 들킬까 봐 손가락 하나 까딱할 수 없었다.

어쨌든 베르카가 불쌍하다. 엄마가 떠나버렸으니. 스베타 아줌마는 좋은 사람이었다. '마주르카'라는 과자도 만들어 줬었는데 그렇게 맛있는 과자는 처음 먹어봤다.

과자에 대해 생각하다가 그날에 대한 기억이 떠올랐다. 그날이 왜 기억에 남았는지는 모르겠다.

〈뜨거운 것이 좋아〉라는 영화를 봤는지? 조세핀과 다프네라는 사람이 나오고, 마릴린 먼로가 슈가 역을 맡은 영화다. 엄마와 스베타 아줌마가 '페르바마이스키'라는 오래된 영화관에 나랑 베르카를 데려갔었다. 엄마는 그 영화관이 곧 철거될 예정이어서 '이런 훌륭한 영화'를 큰 화면으로 볼 수 있는 마지막 기회라고 했다.

나는 영화가 정말 맘에 들었다! 특히 다프네와 사랑에 빠진 백만장자 필딩이 마지막에 "완벽한 사람은 아무도 없어!"라고 말하는 장면이 좋았다. 다프네는 사실 콘트라베이스를 연주하는 남자였던 것이다.

영화를 보고 나온 후 엄마는 우리에게 에스키모 아이스크림을 사줬다. 베르카는 가능한 오래 먹으려고 아이스크림을 핥기만 했다. 고양이처럼 핥았다. 하지만 나는 받자마자 크게 한입, 거의 절반을 베어 먹었다! 그녀와 경쟁하는 게 지겨웠기 때문이다. 그러자 베르카가 크게 웃더니 자기도 그렇게 먹기 시작했다. 그리고 내 손을 잡았다.

우리는 베르카네 집으로 가서 홍차와 마주르카 과자를 먹었고, 그 다음엔 베르카가 저녁 내내 자전거 타는 법을 가르쳐줬다. 두발자전거는 그때 처음으로 타봤다. 자전거가 높았지만 탑튜브가 없어서 무섭지는 않았다. 베르카가 옆에서 핸들을 잡고 달리며 소리질렀다.

"좀 더! 더 빨리! 발을 굴러야지!"

나는 열심히 발을 움직였다. 그리고 마당을 돌면서 베르카가 그렇게 나쁜 애는 아니라고 생각했다. 그 애도 괜찮은 사람일 수 있었다.

페르바마이스키 영화관 자리에 지금은 마트가 들어서 있다. 거기서 고양이 간식을 산다.

베르카가 더 이상 흐느끼지 않는다. 잠에 들었나 보다. 아무튼 그날 베르카 덕분에 나는 자전거 타는 법을 배웠다.

7장. 시커먼 눈 더미

예브게니 올레고비치가 드디어 '꺼져 버렸다.' 정확히 말하자면 지구상에서 가장 불행한 나라인 한국으로 순회 공연을 떠났다. 언젠가 설문 조사한 걸 본 적 있는데 자신을 불행하다고 여기는 사람이 한국에 가장 많다고 했다. 그래, 마에스트로가 유익한 면도 있지. 아름다운 음악은 사람들을 행복하게 만드니까. 잠깐이긴 하지만.

식어가는 오트밀을 본다. 베르카를 본다. 한국 사람처럼 내 자신이 불행하게 느껴진다.

"얘들아, 얼른 먹어. 곧 나가야 돼." 엄마가 창가의 작은 거울을 보며 단장하고 있다.

엄마는 어제 머리를 잘랐다. 아주 짧게 잘라서 스베타 아줌마랑 비슷해졌다. 엄마도 그녀처럼 말랐고, 이젠 염색까지 해서 머리칼이 구릿빛이 됐다.

"잘 어울리세요." 베르카가 말했다. 그리고 남은 커피를 단숨에 마셔버렸다.

"진짜?" 엄마가 기뻐했다. "고맙다, 베르카. 근데 너무 짧지 않아?"

"딱 좋아요, 류다 아줌마."

우쭈쭈, 언제 이렇게 다정해졌대?

나는 식탁에서 일어나 남은 오트밀을 일부러 시끄럽게 닥닥 긁어서 페니모르의 그릇에 덜었다.

"이리 와, 페니모르!"

"다들 준비 됐어? 자, 얼른 외투 입고 밖으로!" 엄마가 명령했다.

거리로 나왔고, 길을 건넜고, 버스를 기다려 탔고, 엄마가 버스 티켓을 끊었고, 세 정류장을 지나서 내렸고, 이제 하얗게 언 물웅덩이를 따라 일렬로 가고 있다. 살얼음판이 깨지는 소리가 난다.

저 멀리 벌거벗은 나무들 뒤로 학교가 보인다. 방학이 끝났다. 잡종개 한 마리가 길가를 천천히 달리며 얼어붙은 쓰레기

냄새를 열심히 맡고 있다. 그러다가 멈추더니 청소부가 쓸어 모아 놓은 시커먼 눈 더미에 발을 올렸다.

"베르카, 여기 생각나?" 엄마가 물었다.

"아, 네." 베르카가 흘리듯 대답했다.

아, 네. 여긴 상트페테르부르크가 아니지요. 죄송합니다.

나는 순간 베르카가 긴장하고 있다는 걸 눈치챘다. 걱정을 다 하다니! 난 그녀가 바위인 줄 알았다. 베로니카 볼코바는 신경 대신 철근 콘크리트 구조물로 되어 있는 줄 알았는데.

좋지 뭐. 긴장하라고 해. 그녀가 우리 학교를 떠난 건 6년 전이었다. 그간 교무 주임과 교장을 포함해 많은 게 바뀌었다. 난 누가 그녀를 우리 학교에 보내려고 한 건지 도무지 이해가 안 된다. 집에서 가까운 학교로 보내면 좋잖아. 여름까지 몇 개월 안 남아서 어차피 적응도 못할 텐데.

우리 학교는 성적이 아주 좋은 학교라서 베르카를 받아 줄지가 의문이다.

학교에 도착해 의류 보관소에 외투를 맡기는데 엄마가 말했다.

"우리에게 행운을 빌어 줘." 엄마가 잔뜩 기대에 부풀어 있었다. 베르카가 아니라 무슨 국제 올림피아드 우승자를 전학시키러 온 것 같은 표정이었다.

"행운을 빌어요." 나는 힘없이 말하고 중앙 계단 쪽으로 갔다. 우리 교실은 3층에 있다.

"잘될 거야!" 엄마가 뒤따라 외쳤다.

유리 콤팩트

마샤는 이미 교실에 와 있었다. 그녀는 항상 첫 번째로 등교한다. 그녀 옆에 앉아서 백팩에서 교과서와 노트를 꺼냈다. 1교시는 내가 너무도 '사랑하는' 수학이다.

"좀 어때?" 마샤가 내 팔을 툭 치며 물었다.

"엄마랑 걔랑 교장한테 갔어."

마샤가 고개를 끄덕인다.

"베르카는 결국 우리 학교로 오는 거네?"

"모르겠어, 마샤. 걔 성적이 되게 안 좋잖아. 무슨 수로 받아줄지……."

슈샤가 들어왔다. 교실은 점점 아이들로 채워졌다.

"다들 안녕? 누가 죽기라고 했어?" 그녀가 우리 대각선 책상에 쓰러지듯 앉았다.

"죽은 사람 없어."

"근데 왜 그리 우울해?"

우리가 뭐라 대답도 하기전에 슈샤가 어제 영화관에 다녀온 얘기를 늘어놓기 시작했다. 즈메예프랑 간 게 아니다. 비탈리 즈메예프는 이미 전남친이 되었다. 방학 때 슈샤는 A라는 사람을 사귀게 됐는데 그 사람은, 잠깐 마음의 준비를 하고, 무려 스물두 살이다!

"이번에는 지난번처럼 지프차를 타고 온 게 아니라 그, 그게 뭐였더라……. 아무튼 이름은 모르겠고 노란색인데 문이 이렇게 위로 쉬이익 열리는 거!"

"람보르기니." 첫째 줄에 앉은 즈바료프가 알려줬다. 가히 돌고래 청력이다.

"톨랴, 넌 진짜 모르는 게 없어." 슈샤가 호호호 웃으며 말했다. "알았으니까 얼른 다시 앞에 봐."

즈바료프는 순순히 슈샤의 말을 듣고 다시 교과서에 몰두했다. 즈바료프야말로 진정 올림피아드 우승자 같은 류의 사람이다.

"어떤 영화 봤어?" 마샤가 물었다.

"아, 아무것도 안 봤어." 슈샤가 손을 저으며 말했다.

"안 보다니?"

나와 마샤는 서로 시선을 주고받았다. 솔직히 말해 우리는 슈샤가 나이가 엄청 많은 남자를 만나는 게 좋지 않다.

"영화 상영하는 동안 1층 카페에서 얘기를 나눴지."

"어떤 얘기를 했는지 궁금하네." 약간 가시 돋친 톤으로 내가 말했다.

난 그냥 두 시간, 혹은 영화 길이가 얼마나 되는지 모르지만, 그 시간 내내 슈샤랑 뭔가에 대해 이야기를 나눌 수 있다는 게 믿기지 않는다. 솔직히 말해, 나라면 그렇게 하기가 힘들 거다.

"삶에 대해." 슈샤가 갑자기 진지해졌다. "그 사람은 인생을 굉장히 흥미롭고 풍요롭게 살아. 아흐마드는 지구의 반을 돌아다녔어!"

"아흐마드? 홍차 이름이랑 같네?" 나는 웃음이 터지지 않도록 '막대한' 노력을 해야만 했다.

"너나 마셔, 홍차!" 슈샤가 화내며 말했다.

"어디서 온 사람이야?" 마샤가 차분히 물었다.

"음, 그건 나도 모르겠어." 슈샤가 가방을 열더니 유리 케이스로 된 팩트를 꺼냈다. "근데 그게 무슨 상관이야? 난 드디어 행복해졌어, 그게 중요해. 그 사람이, 이거 봐, 샤넬을 선물했어!"

우리는 잠자코 있었다. 팩트는, 굉장히 예뻤다.

"야, 너넨 친구를 위해 같이 좀 기뻐해주면 안 되냐?"

그래서 내 생각을 말로 표현하기 위해 입을 여는데 마샤가 책상 밑으로 내 발을 밟았다.

"갈리나 페트로브나는 왜 아직 안 오시지?" 마샤가 주제를 바꿨다.

"아, 잊어버렸다!" 슈샤가 카랑카랑한 목소리로 소리쳤다. "아까 복도에서 만났는데 교장한테 간댔어. 우리끼리 공부하고 있으래. 자, 여러분, 주목! 교과서 85쪽을 펴고 첫 번째 문제를 풉니다."

"뭐야, 베샤스늬! 왜 네가 이래라 저래라 해?" 교실이 술렁였다.

"담임이 나보고 너희들 지도하고 있으라 했다, 왜. 짜리코바, 넌 싫어?"

짜리코바는 뭐라 대답하려다가 슈샤랑 엮이지 않기로 했다. 잘했어, 자신을 소중히 여겨야지.

"그렇다면 걔를 우리 반으로 넣으려는……." 끔찍한 추측이 내 몸에 그림자를 드리웠다.

"누구?" 슈샤는 아직 이 일을 모르고 있다.

"볼코바! 하아, 나한테 정말 왜 이래."

더 기분이 나쁜 건 엄마가 내게 아무 말도 안 했다는 거다. 우리 학교엔 9학년이 네 반이나 있다. 네 반! А, Б, В, Г! 알파벳 글자별로 다 있다! 근데 도대체 왜 꼭 우리 반에 넣으려는 거지?

"진정! 제발 진정해!" 친구들이 한 목소리로 말했다.

우리는 무슨 일이 있을 때면 이렇게 서로를 진정시킨다. 만화에 나오는 그 칼손의 목소리로. 그럼 금방 기분이 좋아진다.

교실문이 열리더니 교장, 갈리나 페트로브나, 엄마, 베르카가 차례로 들어왔다. 네 명은 마치 필리의 군사 회의를 마치고 나온 듯한 표정이었다. 이런! 내 예상이 맞았어!

"여러분, 안녕하세요? 앉으세요." 교장이 어깨를 들썩거리며 말했다. 그에겐 틱 장애가 있는 듯하다. 교장은 단상에 오르면 어깨를 계속 들썩거리면서 몸을 좌우로 흔든다. 지금도 그렇다. "잠시 주목하세요. 갈리나 페트로브나, 소식을 전해 주시겠어요?"

"네, 빅토르 드미트리예비치." 담임이 헛기침을 하고 말하기 시작했다. "여러분, 우리 반에 베로니카 볼코바라는 새로운 학생이 오게 됐어요. 그녀는 우리 조국의 문화 수도인 상트페테르부르크에서 왔어요."

모두 조용히 베르카를 보고 있다.

그건 그렇고, 마지막 줄에 앉은 살리나 보즈에게는 이 나라가 조국이 아닌데, 왜 이런 식으로 일반화하지?

엄마는 베르카의 손을 잡고 있었다. 베르카가 갑자기 손을 빼더니 뭔가 자립적인 모습을 취했다. 저런 모습이 그녀가 생각하는 상트페테르부르크에서 나고 자란 사람들의 모습인가 보다. 턱을 올리고 혀로 볼을 민다. 하지만 지금 그녀가 어떤 기분인지 난 안다. 난 그녀를 아니까.

"베르카의 아빠는 아주 유명한 분이세요." 갈리나 페트로브나가 계속해서 말했다. "위대하다는 말이 적당하겠어요."

순간 베르카의 얼굴이 빨개졌다.

"세계적으로 유명한 음악가이고 지휘자……."

"그만하시면 안 돼요?" 베르카가 이를 악물며 중얼거렸다.

난 그녀가 너무 가여웠다.

"좋아요. 그럼 결론만 빨리 얘기할게요." 담임이 알아차렸다. 그녀 역시 불편해 보였다.

"그러니까 여러분, 한마디로 말하자면 베르카의 집에 안 좋은 일이 생겼어요. 그녀의 엄마가 돌아가셨어요."

아, 저 말을 지금 왜 하는 거지? 어차피 나중에 알게 될 텐데, 관심만 있다면.

그러자 엄마가 베르카를 도우려 나섰다, 늘 그랬듯이.

"갈리나 페트로브나, 그 얘기는 안 하시는 게 좋겠어요. 들어가서 앉게 할까요?"

이미 말했지만 우리 엄마는 정신과 의사다. 그녀는 언제 나서야 할지 안다. 우리 엄마 되게 멋지다.

"그럴까요?" 담임이 허락을 구하기 위해 교장을 쳐다봤다. 교장은 어깨를 으쓱하더니 고개를 끄덕였다.

"좋아요. 그럼 베르카는 율랴랑 같이 앉도록 해요. 마샤, 네가 다른 자리로 옮길래? 슈샤 베샤스늬 옆자리가 비었으니까 그리로 옮기면 되겠다. 괜찮지?"

아니, 아니, 아니! 사람들아, 나한테 왜 이래? 날 모욕하는 거야?

나는 마샤를 바라봤다. 그녀는 어쩔 줄 모르는 표정이었다.

"그냥 앉아 있어. 일어나지 마." 내가 말했다.

"얘들아, 시간 끌지 말자." 담임이 엄하게 말했다. "마샤 쏜체바, 베르카에게 자리를 양보해줘."

마샤는 당연히 양보한다. 가방을 챙겨서 한 칸 앞 베샤스늬 옆자리에 앉았다. 그리고 내 옆엔 베르카가 와서 앉았다.

철장이 쾅 닫혔다.

"그렇게 하니까 좋잖아." 담임이 만족한듯 미소 지었다. "빅토르 드미트리예비치, 괜찮으시다면 이제 수업을 시작해도 될까요? 아니면 또 다른 말씀하실 게 있는지?"

"아니에요, 수업하세요."

엄마와 교장이 나가려 하자 우리 학생들은 그들을 성대히 배웅하기 위해 자리에서 일어났다.

엄마가 문에서 뒤돌아보더니 윙크를 했다. 내가 아니라 베르
카에게.

8장. 세상을 거니는 사람

쉬는 시간이 길어서 나는 애들과 식당에 갔다. 샐러드와 주스를 사서 멀찍이 떨어진 테이블에 앉았다. 사실 난 핫초코와 빵이 정말 먹고 싶었다. 하도 신경을 써서 그렇다. 하지만 채식으로 살을 빼겠다고 슈샤에게 맹세한 상태다. 최소한 지금보다 더 찌지는 않겠다고.

"그렇게까지 예쁘진 않네." 슈샤가 말했다. 그녀는 샐러드 채소를 아주 작게 썰어서 아주 천천히 먹는다. 우리 슈샤는 정말 프랑스 여자가 맞다. "모델 같을 줄 알았는데 그냥 평범한 수준이야."

나는 베르카에 대해 얘기하는 게 싫었다. 외모라면 더욱 그렇다. 자신이 어떤 모습으로 태어날지 선택하는 사람은 없으니까.

"지리 시간에 내 옆에 와서 앉아." 내가 마샤에게 말했다. "베르카는 첫 줄 즈바료프랑 앉으라 하고."

"안 돼, 율랴." 마샤가 대답했다.

"안 된다니?" 나는 포크를 식탁 위에 내려놓으며 되물었다.

"담임이랑 괜히 부딪히기 싫어. 어차피 나중에 다 알게 될 텐데."

"부딪힐 일 없어. 예전처럼 그냥 다시 바꿔 앉으면 돼. 아무도 모를 거야."

"안 돼."

"아이, 그만해." 슈샤가 끼어들었다. "이제부터 마샤는 나랑 앉는 거야. 그치, 마샤?"

갑자기 베샤스늬가 너무 싫어졌다.

"조용해, 슈샤! 마샤랑 얘기 중이잖아."

"율랴, 그만하자. 그래 봤자 소용없어. 어서 먹어, 보랴가 기다려."

"괜찮아, 좀 기다리면 어때? 보랴가 녹아 없어지는 것도 아니고. 너흰 대체 누구 편이야? 다들 미리 합의라도 본 거야?"

나는 진짜 그런 느낌이 들었다.

"그만 먹을래." 슈샤가 샐러드 접시를 한쪽으로 밀었다. 거의 맛만 봤다. "배불러."

"그럼 이만 가자." 마샤가 테이블에서 일어나며 말했다. "율랴, 넌 안 가?"

"안 가."

친구들과 같이 가기가 싫어졌다.

애들은 갔고, 나는 다시 줄을 서서 슈가 파우더가 뿌려진 빵 두 개를 샀다. 거품을 얹은 핫초코도. 다시 테이블에 앉아 책을 펼치고 책에 집중하려고 애썼다. 스티븐 크보스키의 『월플라워』를 읽고 있다. 영화는 이미 오래 전에 봤다. 엠마 왓슨의 연기가 좋았다. 나도 그녀처럼 되고 싶다. 그녀처럼 예쁘고 당돌해서 모두가 내게 홀딱 빠졌으면 좋겠다.

"자리 있어?"

고개를 드니 베르카가 서 있다.

"없어. 안 보여?"

베르카가 히죽 웃으며 옆에 앉았다. 포일을 펴는데 샌드위치다. 맛있겠다!

"네 친구들은 어딨어?"

"저기, 우리 서로 귀찮게 하지 말자. 알았지? 마주치는 것도 최소한으로. 너나 나나 인생이 더 이상 복잡해지면 안 좋잖아."

"내가 귀찮게 하는 거야?" 베르카가 맛깔스레 샌드위치를 한 입 물었다. "난 그냥 너랑 좀 가까워지고 싶어서, 예전처럼."

가까워진다고? 세상에! 어떻게 더 가까워져? 칫솔이라도 같이 쓸까? 아니면 부츠를 하나만 사서 둘이 같이 신을까?

난 말없이 있었다. 베르카에게 뭔가 속셈이 있는 듯하다. 이런 식으로 나오는 게 정말 싫다. 아무 이유 없이 괜히 상냥할 아이가 아니니까.

"다음 시간 무슨 과목이야?"

"영어." 빵을 뜯으며 무심히 대답했다.

"난 김나지아에서 독일어 배웠었어. 다음 시간은 빠지는 게 좋겠네."

아, 정말 맘에 안 들어. 첫날부터 '빠지는 게 좋겠네' 라니.

"그건 네가 알아서 할 일이지만, 권장하진 않겠어. 우리 학교는 수업 빠지면 퇴학시키거든."

베르카가 또 히죽 웃더니 머리칼을 어깨 뒤로 넘겼다. 사자의 갈기 같다.

"네 문제가 뭔지 알아?"

"뭔데?"

또 뭔가 이상한 말을 하려는 거지. 내 그럴 줄 알았어.

"너무 지루해. 지나치게 올바른 타입이야. 그러니까 음악 학교엔 더 이상 안 가도 돼, 내가 허락할게."

"갑자기 음악 학교가 왜 나와?"

"너 같은 사람은 음악가가 될 수 없어. 사무직이 딱이야. 회계사나 마케팅 담당이나. 생각도 없고 판타지도 없는 사람들이잖아."

"그래? 그럼 너 같은 사람은 뭐가 되는지 궁금하네?"

베르카는 한 삼십 초간 가만있더니 말하기 시작했다.

"여행가. 세상을 거니는 사람들! 자유롭고 창의적인 인물들, 히피. 말하자면 그 무엇도 아닌 사람. 우리 같은 사람들에겐 꼬리표가 필요 없어. 무슨 말인지 알겠어?"

아, 그래. 마에스트로의 선한 영향력이 충만히 느껴지는구나.

"그럼 넌 여기에 왜 있는 건데?" 내가 말했다. "여긴 지루하고 재미없는 사람들만 있잖아? 여행 다니면서 히피처럼 자유를 누려. 상황도 마침 운 좋게 돌아가고 있으니까……."

난 순간 입을 다물었다. 쓸데없는 말을 해버렸다. 이런 멍청이.

베르카는 얼굴이 하얘졌다. 그리고 천천히 일어나서 말없이 나갔다.

그러니까 왜 자꾸 날 자극하는 거야? 정확히는, 왜 자꾸 난 말려드는 걸까? 아홉 살 어린애도 아닌데. 식어버린 핫초코를 다 마시고 4층으로 올라갔다.

물론 창의적 인물인 베르카는 영어 시간에 나타나지 않았다.

아무짝에도 쓸모없는 배우

6교시가 끝나고 밖으로 나가니 료바가 와 있었다. 교문 앞에 있었는데, 중요한 건 손에 꽃다발을 들었다는 거다! 너무 좋아서 미칠 것 같았다. 그가 학교에 온 적은, 더욱이 꽃을 들고 온 적은 한 번도 없었다. 료바는 다른 학교를 다녔고 작년에 졸업했다.

나는 꽃다발에 코를 박고 수선화 향기를 맡고 또 맡았다. 입이 귀에 걸린 걸 감춰야 했으니까.

"맘에 들어?" 료바가 물었다.

"나 수선화 정말 좋아해. 제일 좋아하는 꽃이야!"

"내 점퍼 말야." 료바가 주머니에 손을 넣고 있어서 어깨가 더 넓어 보였다! 사랑하는 료바!

"너무 멋져. 새로 산 거야? 색깔 되게 특이하다."

"오늘 배송 받았어. 운동화랑 청바지, 안경, 기억나? 내가 보여줬었잖아. 지금 우체국에서 오는 길이야. 한참 줄 서서 찾았어. 꽃은 할머니네서 샀고."

알지. 료바는 카탈로그를 보고 옷을 구매한다. 패션 감각이 뛰어나서 사람들의 눈길을 끌곤 한다. 나 역시 그에게 시선이 갔었다. '저기 앉아 있는 사람은 누구지?' 하고 생각했다. 파티에서 그를 처음 봤을 때부터 마음에 들었다.

"갈까?" 료바가 내 손을 잡았다.

"잠깐만, 애들한테 인사하고 올게."

사실 식당에서 그 따스한 대화를 나눈 후로는 인사하고 싶은 마음이 별로 없었다. 그래서 마샤와 슈샤가 거울 앞에서 화장을 고치는 동안 재빨리 밖으로 나온 거였다. 그래, 프랑스인처럼 슬그머니 사라졌지[1]. 하지만 지금은 반대로 인사를 해야만 한다. 친구들이 나와 료바를 보도록 해야 한다.

애들은 그에 대해 이렇다 저렇다 말이 많다. 특히 마샤는 료바를 별로 좋아하지 않는다. 겉 다르고 속 다른 사람이라고 한다. 뭐, 나도 대를 이어 사업가가 되겠다는 그녀의 남친 보랴에게서 특별히 감탄할 만한 점을 못 느끼니까. 하지만 마샤가 나

---

[1] 레스토랑에서 벌어지는 일들을 그린 러시아 드라마 〈쿠흐냐〉의 대사를 흉내낸 표현.

의 선택을 존중하지 않는다 해도 나는 마샤의 선택을 존중한
다. 그녀는 내 친구니까.

마침 아이들이 현관 계단에 나와 빈둥거리고 있었다. 전부
스웨터에서 모이는 친구들이다. 보랴도 10학년 학생들과 함께
있었다. 마침 우리를 발견하고는 이쪽을 보고 있다.

"나 좀 안아줘. 안아서 빙그르르 돌려줘, 얼른!" 내가 료바에
게 말했다.

"문제없음!"

나와 료바는 어떨 땐 말 한마디로 서로 이해한다. 그가 나를
깃털처럼 들어 안아서 빙그르르 돌리기 시작했다. 료바는 체육
관을 다녀서 힘이 세다. 소설에서처럼 머리가 어지러울 정도였
다. 나는 머리칼이 어깨 뒤로 예쁘게 흩날리도록 고개를 뒤로
젖히고선 크게 웃었다. 영화에서처럼 큰 소리로 까르르 웃고
싶었지만…… 생각처럼 되지는 않았다. 정말 나는 아무짝에도
쓸모없는 배우다.

나를 보던 친구들이 큰 소리로 까르르 웃기 시작했다.

"됐어, 그만 내려 줘." 료바에게 말했다.

그러자 그는 나를 물웅덩이에 텀벙 내려놨다. 당연히 일부러
그런 건 아니고 그냥 그렇게 됐다.

발이 다 젖고 신발도 더러워졌다.

"환상적이네." 나는 더 이상 친구들을 보고 싶지도 않았다. "그만 가자." 료바의 손을 잡고 학교 밖으로 이끌었다.

"율랴, 기다려 봐!" 마샤가 소리쳤다.

"멈추지 말고 빨리 가." 우린 뒤돌아보지 않고 빨리 학교에서 나왔다.

"어디로 갈까? 너희 집? 우리 집?" 료바가 물었다.

그는 오늘 휴일이라서 일하지 않는다. 료바는 루스키 홀러트 가게에서 아이스크림을 판다. 비웃지 말았으면 한다, 잠시 하는 일이니까.

"우리 집은 안 돼. 베르카가 있을 거야."

"소개시켜 주면 되지." 료바가 웃으며 말했다.

얼씨구, 너도 그렇단 말이야?

"안 돼요, 레프 발레리야노비치. 당신이 그런 운명에 처할 일은 없어요."

"에이, 농담이야."

이 조커는 새로운 사람 사귀는 걸 좋아한다, 특히 여자들과는 더욱. 관심 받기를 좋아하는 타입이다. 루스키 홀러트에서 일하는 것도 아마 그런 이유일테다. 하루 종일 눈에 띄는 곳에 있으면서 에스키모 아이스크림을 판다. 아이스크림을 사는 건 대부분 여자들이니까.

내 기분은 완전히 엉망이 됐다. 세 시까지 음악 학교에 가야 하는데 그것도 잊고 있었다.

"나 오늘 솔페지오[1] 수업 있어."

료바도 기분이 좀 상한 것 같았다. 하지만 겉으로 내비치진 않았다. 한번은 료바 때문에 일주일 내내 수업을 빼먹은 적이 있었는데 아무도 그 사실을 모르고 지나갔다. 그래서 이제는 그렇게 하는 게 당연한 줄 아나 보다.

아무튼 우리는 아파트 입구에서 헤어졌고 나는 집으로 왔다.

열쇠로 문을 여는데 열리지 않았다. 누군가 안쪽에서 열쇠를 꽂아 놓은 거다. 이런 천재적인 짓을 한 인물이 누군지 알만하다. 벨을 누르고 기다렸지만 베르카는 좀처럼 나오지 않았다. 엄마는 어디에 있는 거지?

결국 베르카가 문을 열어줬다. 그녀의 불만족스러운 표정을 보니 마치 내가 초대도 없이 무턱대고 그녀의 집에 온 것 같다. 베르카는 문만 열어주고 아무 말 없이 다시 방으로 갔다. 나랑 가까워지겠다는 생각은 이미 버렸나 보네. 좋아, 훌륭해! 나는 아빠 방으로 들어가 피아노 앞에 앉아 악보를 펼쳤다.

---

1) 음악의 기초 교육 가운데 시창력, 독보력, 청음 능력 따위를 기르는 교과 과정.

베토벤의 〈월광 소나타〉 발표회가 얼마 남지 않았다. 회계사는 저나 되라지!

트랄리발리의 바이올린

1학년 때 나와 베르카는 방과후 수업을 해서 6교시까지 학교에 있었다. 그 후엔 스베타 아줌마가 와서 우릴 아줌마 집으로 데려갔다. 아줌마가 우리 엄마 아빠보다 일이 더 일찍 끝나기 때문이다. 우린 저녁으로 생선 수프를 먹고 베르카 방에 가서 숙제를 했다. 쓰기 연습을 했다. 베르카는 난서증인지 뭔지가 있어서 종종 내가 대신 써주곤 했다. 이런 일은 아무도 모른다. 아무에게도 말하지 않았다.

베르카는 이미 그때부터 음대 교수의 개인 지도를 받으며 음악을 공부하고 있었는데 바이올린을 배웠다. 그 선생님은 같은 아파트의 바로 앞 호에 살았다. 필하모니가 길 건너에 있어서 그 아파트에는 음악가들이 많이 살고 있었다. 예브게니 올례고비치는 그 뛰어난 교사가 베르카를 천재적인 바이올리니스트로 키워줄 거라고 믿었다. 베르카의 손가락은 유난히 길었고 손끝은 쿠션처럼 매우 부드러웠다. 난 그녀의 손을 볼 때면 개구리가 떠올랐다. 예브게니 올례고비치는 마치 원주민이 자신의 목각 토템을 믿듯이 그렇게 딸의 손가락을 믿었다. 사실 베르카의 손은 그의 손을 똑 닮았다. 하지만 딸의 손가락을 철석같이 믿은 나머지 한 가지 단순한 사실을 완전히 무시하고 있었다. 바로 베르카에겐 음감이 없다는 사실이다. 전혀 없다. 카인 고흐어.[1] <해피 버스데이>조차 제대로 못 부르는데 바이올린은 무슨!

베르카도 자신의 상태를 잘 알고 있었다. 어느 날 선생님이 그녀에게 말해 줬다고 한다. 베르카는 몸과 마음을 다해 바이올린을 싫어했고 그렇게 그녀의 방에 취카가 나타났다. 그녀의 악몽에서 내게로 옮겨온 그 무서운 존재 말이다.

한번은 방과후 수업에서 돌아와 저녁을 먹고 숙제를 하고 있었다. 나는 얼른 숙제를 끝내고 엄마를 기다렸다. 엄마가 곧 오실 시간이었다. 베르카가 바이올린을 켜기 시작했다.

항상 그랬듯 끔찍했다. 차라리 도로 공사장의 드릴 소리를 듣는 게 훨씬 낫지 싶을 정도였다. 나는 티나지 않게 귀를 막고선 엄마가 어서 오기만을 기도했다. 그리고 내게도 할머니가 있다면 얼마나 좋을까 생각했다. 학교로 와서 손주들을 데려가는 할머니들이 꽤 많았다. 나처럼 남의 엄마가 데려가는 경우도 있었을까? 하긴 스베타 아줌마는 남이 아니다. 베르카가 남이지.

내 얼굴에서 고통스러움을 감지했는지 베르카가 갑자기 바이올린을 멈췄다. 그녀는 괴물 소리 같은 음계 연습을 중단하고 바이올린을 케이스에 넣더니 이번에도 은밀한 속삭임으로 취카에 대해 얘기해줬다. 취카에 대한 디테일을

---

[1] 독일어로 '음감이 없다' 라는 뜻.

열심히 설명하더니 취카가 왜 자기에게 나타나는지 알게 됐다고 확신에 차 말했다.

"취카가 내 바이올린을 원해."

"네 바이올린을 왜?" 내가 놀라서 물었다.

"이건 트랄리발리라는 옛날 장인이 만든 마법의 악기거든. 지구상의 수많은 전쟁과 격변 속에서 유일하게 살아남은 악기야."

뭐, 뭐라고? 별로 믿기지 않았다. 하지만 베르카의 이야기를 계속 들으며 빠져들었다. 취카가 이젠 나한테까지 나타났고 어떻게 하면 그것으로부터 벗어날 수 있는지 알고 싶었기 때문이다. 베르카가 계획이 있다고 했다.

"아주 간단해. 취카한테 바이올린을 주면 돼. 그럼 더 이상 우리를 괴롭히지 않을 거야."

"뭐어어? 아빠한테 혼나려고 그래?" 나는 예브게니 올레고비치를 잘 안다. 그가 미친듯이 화내는 걸 두어 번 본 적이 있다. 차라리 그냥 취카가 나오도록 내버려두는 게 낫다.

"한번 생각해 봐." 베르카가 낄낄대며 말했다. "나는 괜찮으니까. 도와줄 거지?"

난 며칠 동안 곰곰이 생각했다. 찬성했을 경우와 반대했을 경우를 비교해 봤다. 그리고 결국엔 찬성하고 말았다.

우리는 장인의 바이올린을 아파트 옆 동 쓰레기장에 갖다 놨다. 큰 쓰레기통 옆에 케이스째 가지런히 놓아두었다. 두 시간 후에 다시 가보니 바이올린은 이미 없었다. 취카가 가져간 것이다.

"두고 봐, 이제 더 이상 안 나타날 거야." 베르카가 말했다. 나는 왠지 그 말을 믿었다.

우리는 서로 안아주었다.

하지만 예브게니 올례고비치는 그 말을 믿지 않았다. 바이올린이 없어진 걸 알고서는 말 그대로 완전히 미쳐버렸다. 나는 베르카가 정말 불쌍했다. 특히 그가 그녀의 뺨을 있는 힘껏 때릴때면……. 나는 이게 다 취카 때문이라고 설명하려 애썼다. 그가 이해할 수 있도록 계속 설명했다. 벌써 몇 달, 아니 정확히는 거의 1년 동안이나 취카가 트랄리발리 장인의 바이올린을 노리면서 우리를 괴롭혔다고. 하지만 예브게니 올례고비치는 내 말도 믿지 않았다. 날 때리지 않은 게 다행이다.

"악기 어딨어? 어디 있냐고?" 그가 머리 위로 주먹을 휘두르며 소리쳤다. "그거 이탈리아에서 가져온 거야! 맙소사! 그 바이올린이 얼마짜린데! 이런, 고마움도 모르는 돼지년!"

나는 더 이상 듣고 있을 수 없었다. 엄마도 마찬가지였다. 엄마는 나를 데리고 나왔고, 스베타 아줌마는 부엌에서 한없이 울었다.

이 사건 이후 음악 교사는 더 이상 오지 않았다. 베르카는 뛰어난 손가락을 가졌음에도 불구하고 음악을 그만 뒀다.

그리고 취카는 얼마 동안 나타나지 않았다. 달밤에도 천장에서 내려오지 않았다. 하지만 오래가진 않았다. 내가 음악 학교에 다니기 시작하자 취카가 다시 돌아왔다.

아마 새로 산 내 피아노를 노리는 것 같다.

9장. 대재앙 이후의 삶

"학교 첫날은 어땠어?" 엄마가 한껏 흥미를 보이며 물었다.

확실히 엄마의 짧은 갈색 머리에 뭔가 특별한 점이 있다. 아빠도 그렇게 생각하는 듯하다. 아빠는 요 며칠 동안 엄마를 자랑스럽게 사랑스럽게 바라본다. 꼭 헤어스타일 때문만은 아니겠지만.

"괜찮았어." 스파게티를 흡입하며 말했다.

볼로네즈 소스가 티셔츠에 묻었다. 파란색 티셔츠다. 흰색이 아니어서 다행이다.

"뭔가 충격적이고 상세한 설명은 없어?" 아빠가 부탁했다.

원래 아빠는 학교나 내 학업에 그리 관심이 많은 편이 아니다. 최소한의 관심만 둔다. 아빠는 '획일적인 지식 평가 시스템'으로 운영되는 현대의 학교가 아이들의 장래의 삶에서 나타나게 될 모든 콤플렉스와 두려움과 공포의 원인이라고 생각한다. 그리고 오래전부터 나를 홈스쿨링으로 전환시키고 싶어했다. 하지만 그렇게 하기엔 너무 늦어버렸다. 9학년이면 앞으로 각자의 인생에 평생 따라붙을 '모든 콤플렉스와 두려움'이 이미 장착된 상태라고 할 수 있다. 그래도 아빠의 이러한 입장 자체는 마음에 든다. 한 번도 성적 때문에 나를 야단친 적이 없기 때문이다. 반대로 칭찬도 하지 않는다. 이것도 꽤 중요한 점이다. 다른 집들과는 달리 우리 집은 점수에 별 의미를 두지 않는다.

충격적이고 상세한 설명이라······. 엄마 아빠의 사랑 베르카가 첫날부터 수업을 네 개나 빼먹었다고 할까?

말자. 담임이 어차피 말해주겠지.

"별일 없었어, 아빠. 근데 나탈리아 빅토로브나한테 새 코가 생겼어."

그녀는 우리 영어 선생님이다. 얼마 전 방학 때 성형 수술을 했었는데 퇴원해서 학교에 다시 나왔다.

"진짜?" 엄마가 놀라며 물었다. "그래서 어때?"

"잘 된 것 같아, 베르카 코를 닮았어."

"베르카, 나탈리아 빅토로브나는 어떻든? 내가 보기에 그 분은 정말 좋은 영어 선생님이더라!" 엄마가 말했다. "아마 옥스포드 대에서 공부했을 거야. 그렇지, 율랴?"

"캠브리지예요, 류다 아줌마." 베르카가 태연하게 대답했다. "나탈리아 빅토로브나는 훌륭한 선생님이세요. 학교에 그런 선생님이 있다는 건 큰 행운이죠."

"그렇게 생각하니?" 엄마가 기뻐했다. "마카로니에 치즈 좀 더 넣어줄까?"

우쭈쭈, 아예 떠먹여 주지 그래요? 더 이상 듣고 있기가 힘들다! 베르카는 지금 우릴 조롱하는 거다.

"네, 아줌마, 치즈 더 주세요."

"치즈는 냉장고에 있어. 네가 직접 가져와." 내가 말했다. 그리고 또 쓸데없는 말을 내뱉기 전에 입에 마카로니를 밀어넣었다.

"율랴." 엄마가 나무라는 표정으로 나를 봤다.

"엄마, 베르카는 손님이 아니라 식구라며. 난 그냥 베르카가 자기 집이라 여기고 불편함 같은 거 안 느꼈으면 해."

마카로니를 또 하나 입으로 쏙!

베르카는 알았다는 듯 일어나서 냉장고를 열었다. 잠깐 생각하더니 주스와 석류, 파이가 든 상자를 꺼내 조리대에 올려 놓고 선반에서 접시와 칼을 꺼내 석류를 썰었다. 그리고 팩을 열어 주스를 따르고 파이 상자를 열었다.

1대 1이야, 베르카. 1대 1.

아빠가 분위기를 바꿔보려 마음먹었다.

"이번 주말에 숲으로 산책 갈까? 샌드위치랑 커피도 가져가자!"

"좋은 생각이에요, 제냐 아저씨." 석류를 깨물며 베르카가 말했다. "근데 신발이 마땅한 게 없어요. 다 힐 있는 부츠여서. 저는 못 갈 것 같아요."

"그게 무슨 문제야? 토요일에 필요한 거 다 사면 되지."

"아니에요, 괜히 저 때문에."

"베르카, 아저씨 말 잘 들어." 아빠가 베르카의 손을 잡고 말했다. "넌 이제 우리 가족이야. 율랴가 바른말 했어. '괜히 저 때문에' 이런 말은 앞으로 하지 않는 거다. 알았지?"

"네, 알겠어요." 베르카는 고개를 끄덕이고 파이를 먹기 시작했다.

2대 1. 베로니카 볼코바가 앞섰습니다!

무슨 말을 해야 할지 급히 생각해내야만 했다. 나는 왜 베르카처럼 고상하게 맞받아치는 게 안 될까? 매번 때를 놓친다. 어떻게 하면 내 손에 피 안 묻히고 베르카의 본모습을 폭로할 수 있을까?

"오늘 수업 시간에 아동 작가가 왔었어!" 나는 새로운 이야기를 시작했다.

"진짜? 그걸 왜 이제야 말해?" 아빠는 아동 문학과 관련된 거라면 뭐든 좋아한다. 아빠가 직접 이야기를 쓰기도 하는데 작년엔 아동 잡지 『무르질카』에도 실렸다. 인쇄 부수 절반은 아마 아빠가 샀을 거다.

"아동 작가라니 굉장하다! 사인은 받았어?"

"완전 어린애들을 대상으로 쓰는 건 아니고 영어덜트 소설이라는 장르야."

"그게 무슨 뜻인데?" 아빠는 영어를 좋아하지 않는다.

"청소년을 대상으로 책을 써. 꽤 잘 쓰는 것 같아. 그렇다고 존 그린 같이 되려면 아직 멀었지만."

"멋지다!" 엄마가 맞장구쳤다. "뭐에 대해 쓰는데?"

"대재앙 이후의 삶에 대해서. 핵전쟁에 대한 책을 새로 썼는데 그 책의 한 부분을 읽어주고 학생들 과제장에 사인해줬어. 책이 부족해서 선생님이 그렇게 하라고 허락했어. 즈바료프는 좋아 죽으려고 했고. 보여줄까?"

"당연하지!" 아빠가 흥분하는 게 너무 웃겼다.

나는 복도로 나가서 과제장을 가져왔다.

'나를 감동케 한 똑똑한 율랴에게. 따뜻한 인사를 담아, 저자가.'

"와, 굉장하다! 그 사람을 뭘로 감동시킨 건데?" 아빠가 놀라워하며 물었다.

"그냥. 브레인스토밍 했는데, 그러니까 우리말로 하자면 뇌폭풍? 적극적이고 창의적인 사고를 위해 자극을 주는 거야. 하나의 주제를 정해서. 근데 내가 다른 애들보다 훨씬 많은 해법을 제시했거든, 즈바료프보다 더 많이. 그래서……."

"정말 대단하다!" 아빠가 기뻐했다. 아빠는 종종 지나치다 싶을 정도로 나를 자랑스러워한다.

"베르카, 너한텐 뭐라고 써줬는지도 보여줘!"

"그래, 베르카, 궁금하다!" 엄마가 덧붙였다.

하! 하하!

베르카가 이 상황을 어떻게 모면하는지 보자구. 첫날부터 과제장을 잃어버렸다고 거짓말 하려나?

"잠깐만요."

그녀는 아주 침착하게 일어나 나갔다. 그렇담, 잃어버리진 않았네…….

그리고 진짜로 과제장을 들고 왔다. 아빠는 너무 흥분한 나머지 옅게 떨리는 손으로 과제장을 펼쳤다.

"훌륭하고 강하고 정직한 사람 베로니카 볼코바에게. 항상 네 모습으로 있길. 다 지나갈 거야, 이것마저. 마음을 담아, 저 자가."

뭐라고? 훌륭해? 강하고 정직해?

뭐가 지나간다고?

나는 아빠에게서 베르카의 과제장을 낚아챘다. 맙소사, 글씨체까지 따라했잖아!

"정말 좋은 말을 써 주셨구나." 엄마가 베르카를 한동안 바라봤다. 그녀는 말없이 가만히 있었다. 겸손하고 의젓하게.

"그건, 그건 베르카가……."

"율!" 엄마가 내 말을 막았다. "그러지 마, 제발."

나는 식탁에 앉아 얼음처럼 차갑고 딱딱한 마카로니를 빨아 들였다.

쏙!

3대 1. 강하고 정직한 사람이 이겼습니다.

카이의 심장

나는 『눈의 여왕』이라는 동화에, 여왕이 지팡이로 바닥을 치자 카이의 심장을 비롯한 주위의 모든 것들이 얼음으로 변해버리는 바로 그 순간 속에 있다.

내 심장은 괜찮다. 하지만 발은 털부츠를 신었음에도 불구하고 딱딱하게 얼어버렸다. 페테르부르크의 기온은 영하 38도였다. 이번 겨울 추위는 100년 만에 기록을 깨뜨리고 있다. 내가 사는 도시는 종종 영하 50도까지 내려가는 데도 괜찮았다. 나는 그해 겨울 그렇게 큰 고드름을 처음 봤다! 그리고 그렇게 벌벌 떤 것도 처음이었다. 이게 다 습도 때문이라고 엄마가 말했다. 발트해가 가까이 있어서 그렇다고 한다.

나무들은 거대한 유리 캡슐을 닮았다. 또 호저를 닮았다. 너무 불쌍하다! 얼음으로 된 덮개를 씌워 놓은 것 같다. 왠지 나무들이 아파하는 것 같았다. 분명 너무 무거울 거야. 그런데 주위엔 목욕탕처럼 수증기가 피어난다! 그 수증기는 우리의 입에서 나오고 또 하수도 맨홀에서 기둥 모양으로 피어오른다. 건물들은 마치 손만 대면 우수수 떨어져내리는 오래된 흰색 페인트로 덮여 있는 것 같다. 성에다. 주위의 모든 것들이, 떠돌아다니는 개들마저 얇은 성에로 덮여 있다. 잠은 어떻게 잘까? 어디서? 불쌍한 것들.

"가자, 트램이 왔어!" 스베타 아줌마가 서두르며 말했다.

그녀는 산양 가죽으로 만든 외투를 걸쳤고 니트 모자를 썼다. 나와 스베타 아줌마는 꼭 쌍둥이 자매 같았다. 한 명은 크고 한 명은 작은. 베르카는 갈색 털로 된 아주 커다란 모자를 써서 사자를 닮았다.

추위로 인해 끽끽 소리가 나는 트램을 탔다. 트램은 냉동고보다 더 추웠다. 사람들은 춤추듯 발만 동동거렸고 그 누구도 앉을 엄두를 못 냈다.

우리가 어디로 가냐고? 당연히 마린스키 극장으로 가는 거지! <호두까기

인형>을 보러!

도착했다.

외투 보관소에 옷을 맡기고 번호표를 받아 주머니에 넣었다. 우리 자리는 발코니의 특등석이었는데 예브게니 올레고비치가 마련해준 것이다. 회색빛의 두툼한 휘장을 본다. 성탄절 트리가 그려져 있다. 아니다, 유리 비즈로 수놓은 것 같다. 저 막 뒤에는 뭐가 있을까?

발레는 한 번도 본 적이 없었다. 마린스키 극장도 당연히 처음이다. 내가 살던 도시의 필하모니 교향악 콘서트에만 여러 번 갔었는데 정말 싫었다. 하지만 발레는 완전히 달랐다! 살랑거리는 드레스, 크리놀린, 코르셋, 반짝이는 티아라, 자동으로 움직이는 장식들. 오케스트라는 구덩이에 들어앉아 있다! 지휘자의 정수리만 불쑥 튀어나온 게 우습다.

예브게니 올레고비치가 허수아비처럼 꼼짝 않고 서 있다.

그가 돌연 지휘봉을 흔들자 마법이 까치발을 하고 극장 안으로 달려들어왔다. 바이올린이 시작됐다. 첫 음을 듣자 심장이 기쁨으로 요동쳤다. 내가 외우고 있는, 너무나 좋아하는 서곡이다.

막이 올랐다.

"입 좀 다물어, 촌뜨기야." 베르카가 내 귀에 속삭였다.

저녁을 먹고 어쨌든 스웨터로 갔다. 볼코바랑 같은 방에 앉아 있을 순 없었으니까. 마샤와 슈샤는 넓은 마음으로 내가 용서해야지. 이렇게 된 게 그들의 잘못은 아니잖아.

핸드폰을 끄고 안으로 들어갔다. 스웨터의 멤버들이 다 와 있었고 늘 그렇듯 카페 안쪽 구석 소파에 자리 잡고 있었다. 뭔가 재미있는 얘기를 하는지 다들 카페가 울리도록 웃고 있고, 웃음의 진원지는 가운데 앉은 우리의 미시카이다.

"그래서 내가 가까이 다가가니까……."

"얘들아 안녕!"

"율랴, 너 안 오는 줄 알았어!" 마샤가 날 보자 아주 기뻐하며 말했다. 마음이 벌써 편해졌다.

"내 문자 안 받았어? 왜 답문 안 했어?"

"미안, 미처 못 했네."

"근데 네 레프 레쎈코는 어딨어?" 이주모프가 미시카의 옆구리를 찌르며 내게 물었다.

"일하고 있어. 근데 그걸 네가 왜 궁금해해?"

"그냥. 걔가 오늘 너 물웅덩이에 빠뜨렸잖아, 웃겼어." 지마가 다시 미시카를 슬쩍 치며 말했다.

"누가 누구를 어디에 빠뜨렸다는 거야? 나 카푸치노 시키러 갈 건데 너네 또 뭐 시킬 거 없어?"

오늘은 지마의 얄미운 장난에 반응하고 싶지도, 삐치고 싶지도 않다. 나쁜 마음으로 그러는 게 아니라는 걸 안다. 다시 말하지만 내 친구들은 료바를 썩 좋아하지 않는다. 그들에게 미시카가 창가의 햇살이라면, 료바는 한 줄기 빛도 없는 어둠이다.

갑자기 한 반나절은 짐을 나른 것 같은 피로감이 밀려왔다. 베르카가 늙은 뱀파이어처럼 내 에너지를 다 빨아갔다.

줄을 섰다. 내 앞에 있는 노부부가 오랫동안 디저트를 고르고 있는데 손을 꼭 잡고 있다.

"아가씨, 블루베리 머핀 좀 나오라고 해주실래요?"

노부부는 똑같은 모자와 똑같은 외투를 걸쳤는데 온통 밝은 노란색이다. 재미있는 분들이다. 나는 이렇게 좀 특이한 노인들이 맘에 든다. 나도 나이 들면 저런 모습이고 싶다.

"근데 너네 걔 어디서 일하는지 알아? 가게에서 피로시키[1] 팔아!"

"에이, 설마."

"진짜야!"

나는 얼굴이 빨개지고 심장이 미친듯이 뛰어서 튀어나올 것 같았다. 나한테까지 안 들릴 거라고 생각하고 있다. 쳇, 잘못 알고 있어, 사랑하는 친구들아.

"뭐 주문하시겠어요?"

"피로시키. 뜨거운 피로시키 사세요." 이주모프가 우스꽝스럽게 흉내를 냈다. "난 또 완전 대단한 인물인 줄 알았네."

"그래도 옷은 꽤 괜찮게 입잖아, 그치? 율랴가 자기 입으로 그런 말은 못 하겠지만."

"저기요, 주문하실 거냐고요?"

"얘들아, 그만 좀 해!"

"뭐야, 마샤, 왜 성질을 내?"

"이봐요, 주문 안 하냐고요!"

"죄송합니다."

나는 급히 옷걸이가 있는 곳으로 갔다. 코트를 입으려다 가…….

아니지, 내 친구 슈샤, 피로시키라니. 선을 넘었어.

코트를 다시 옷걸이에 걸고 친구들이 있는 자리로 갔다. 그곳은 더 이상 우리만의 따뜻하고 아늑한 소파가 아니라 적들의 소굴이었다.

"어, 카푸치노 안 시켰어?" 슈샤가 아무 일 없었다는 듯 미소 지으며 물었다.

다른 애들은 잠자코 있었다.

"슈샤, 네가 잘못 알고 있는데. 피로시키랑 료바는 아무 관계 도 없어."

슈샤의 표정이 갑자기 변했다. 내가 들은 줄 몰랐던 거다.

"료바는 아이스크림을 팔아. 뭐가 다른 지 알겠어?"

"나는 모르겠는데." 이주모프가 말했다.

"조용해, 이주모프! 너랑 얘기하는 거 아니야."

"내가 뭘 잘못했는데?" 슈샤가 날카롭게 말했다. "어쨌든 가 게에서 파는 거잖아. 뭘 그런 걸 갖고 그래?"

"우리나라에선 어떤 직업이든 존중을 받고 있지." 보랴가 불 에 기름을 끼얹었다.

말의 내용보다는 어떻게 말하는지가 더 중요할 때가 있다. 어떤 톤으로 말하는지가!

"료바는 루스키 홀러트 회사의 머천다이저야[1]!" 나는 곧 울 음이 터질 듯이 외쳤다.

---

[1] 상품 기획에서 판매까지 일련의 업무를 담당하는 전문가.

그러자 친구들은 웃음이 터져 킥킥거렸다. 옆 테이블 사람들도 우리 쪽을 쳐다보기 시작했다.

"걔 잘못이 아니잖아. 걔 부모님이⋯⋯." 말하다가 목이 메었다.

"알-콜-중-독." 나 대신 보랴가 작은 소리로 또박또박 발음해주었다.

이걸로 끝이야! 미치도록 화가 나서 코트를 홱 집어 드는 바람에 하마터면 그 멍청한 옷걸이가 바닥으로 쓰러질 뻔했다. 나는 스웨터에서 뛰쳐나왔다. 어떤 아저씨가 나를 향해 소리쳤다.

"눈 뜨고 다녀!"

"죄송해요."

달리고 또 달렸다. 담벼락 끝 어두운 통로 안으로 들어갔다. 벤치를 발견하고는 그곳으로 급히 갔다. 마치 가라앉는 배에서 탈출한 사람이 섬을 발견한 것 같은 심정이다.

한참을 앉아 있었다. 눈물이 절로 흘러나와서 더 속상했다. 베샤스늭, 네가 어쩜 그럴 수 있어? 너도 잘 알면서! 너도 나처럼 사랑에 빠진 적 있으면서!

"율랴."

고개를 드니 미시카가 있다.

"핸드폰 떨어뜨렸어. 깨졌네······."

지구를 청소하다

황량한 가로수 길을 같이 걷고 있다. 어두운데 가로등은 아직 켜지지 않았다. 별빛이 있어서 다행이다. 발이 자꾸 미끄러져서 미시카의 팔을 꽉 붙들고 갔다. 미시카, 내가 안 넘어지게 잘 잡아줘!

"이제 이해가 돼? 마샤가 슈샤랑 보랴한테 말해준 거야. 료바가 아이스크림 파는 거 마샤만 알고 있었거든. 부모님에 대해서도 그렇고."

"장사하는 게 뭐." 미시카가 아무렇지 않다는 듯 말했다. "그게 어때서? 남의 거 훔치는 것도 아니고. 나도 방학 때 사촌형도와줬었어. 사촌 형은 환경미화원이야. 형이랑 아침마다 쓰레기통 옮기고 지구를 청소했지."

"그래?"

"좋은 일이야, 유익한 거잖아. 사람들이 대부분 꺼리는 일이긴 하지만. 근데 나는 대통령이 되는 것보다 청소부나 아이스크림 장사하는 게 더 낫다고 생각해."

"진짜?" 내가 놀라서 물었다. 미시카한테서 이런 말을 듣게될 줄은 상상도 못 했다.

"응. 정치는 야망도 있고 좀 특별한 부류의 사람들이 하잖아. 정치판엔 정상적인 사람이 거의 없어. 뭔가를 실질적으로 바꾸거나 다른 사람들을 섬기려는 인물이 없어. 진짜로 도와주는 사람들은 보통 정치와는 거리가 멀어."

"그러면 어떻게 하라고? 정치인들 없이 살 수는 없잖아. 그럼 다 무너질 걸?"

"뭐 안 그래도 세상은 어차피 작은 조각들로 붕괴되고 있어. 국경도 없고, 국가나 종교, 그런 거 없이 살면 진짜 좋지 않을까? 전쟁도 없고. 모두를 위한 아주 커다란 세상."

"말은 좋지, 넌 유토피아를 꿈꾸는 사람이네."

"난 평화주의자야, 존 레논의 노래처럼. 그 노래 알지?

"응."

"나는, 사람이 지구에서 사는 거지 국가에서 사는 건 아니라고 봐."

"그래?"

"진짜 그래. 근데 이 말은 내가 한 게 아니고 가수 빅토르 최가 한 말이야." 미시카가 미소 지었다. "좀 더 진지하게 말하면, 사실 리더가 없으면 인류는 망할 거야. 사람들이 다 나처럼 의식 있는 건 아니니까. 근데 그걸 어떻게 해결할 지도 생각해냈어."

그가 마음에 든다.

"어떻게?"

"대통령이나 장관이 되고 싶어하는 사람들이 아니라 평범한 사람들 중에서 지도자를 뽑는 거야. 자원봉사자들, 예를 들어 환경 보호 운동가들 중에서 뽑거나, 청소부라도 상관없지. 중요한 건, 개개인이 관심을 가져야 된다는 거야."

"근데 그런 사람들이 대통령이 되기 싫어하면 어떡해? 굳이 그렇게 안 되도 만족한다면?"

"너라면 안 하고 싶을 것 같아? 잠깐이라면? 1년, 최대 2년? 더 이상은 안 해도 돼, 정직하고 좋은 사람들이 많으니까."

음, 미시카는 평범한 애가 아니었다. 그동안 드문드문 몇 마디 말만주고 받았지 한 번도 미시카와 제대로 얘기를 나눈 적이 없었다. 그것도 매번 친구들이랑 같이 만났지 이렇게 둘만 있었던 적은…….

"핸드폰 망가져서 속상해?"

"조금."

거의 새 핸드폰인데 화면에 금이 갔다. 작년 생일 선물로 부모님이 사준 거다. 하지만 솔직히 그보다는 마샤 때문에 훨씬 속상하다. 료바에 대한 얘기는 비밀로 했던 건데 그걸…….

"그냥 오늘 날이 머저리 같아서 그래, 아침부터. 이제 집에 가자, 늦었어."

미시카가 아파트 입구까지 데려다 줬다.

"잘 가."

"안녕!"

그는 뒤돌아서 정류장 쪽으로 갔다.

근데 내일 우리 만나는 건지 아닌지 왜 안 물어보지? 아무
튼.

10장. 하느님의 민들레[1]

료바와 나는 목요일이 돼서야 만났다. 그가 전화해서 늘 만나던 곳에서 보자고 했다. 그렇다면, 집안 분위기가 안 좋다는 뜻이다. 겨울엔 그의 집에서 만날 때가 많았다 (우리 도시의 3월은 아직 깊은 겨울이다). 료바가 우리 집으로 오는 일은 드물고 부모님이 직장에 있을 때 가끔 한 번씩 온다. 아빠는 료바가 우리 집에 있는 걸 못 견뎌 하는데 그 이유를 정확히 설명해주지는 못한다.

---

1) 온순하고 조용하고 사랑스러운, 보호 본능을 일으키는 백발의 할머니를 가리키는 표현.
   노인의 백발이 솜털처럼 하얀 민들레 홀씨를 닮은 데서 이런 표현이 유래되었다.

백화점 앞에서 기다리고 있다. 몸은 벌써 얼었고 료바는 아직이다. 십오 분 정도 기다리자 료바가 오는 게 보였다. 정말 못 견디게 사랑스럽다.

백화점에서 견과류와 초콜릿, 오렌지 주스를 샀다. 우리는 신혼부부처럼 이따금 서로를 안기도 하며 거리를 걸었다.

"너 학교 졸업하면 결혼하자. 아파트 얻어서 행복하게 살자." 료바가 말했다.

"계획을 아주 자세히 세웠네? 네 가지나 돼." 내가 웃으며 말했다.

아직 료바에게 결혼하기 싫다는 말을 못 했다. 결혼은 하고 싶지만 나중에 대학교 졸업하고 스물다섯 살을 넘긴 후에 하고 싶다. 물론 료바와. 다른 사람은 필요 없다.

페샤나야 거리의 한 아파트로 들어갔다. 이곳이 우리 동네에서 유일하게 인터폰이 없는 아파트다. 그래서 우리가 자주 가는, 거의 집처럼 익숙한 곳이다.

엘리베이터를 타고 12층으로 올라가서 계단에 앉았다. 따뜻하다. 12층집 창가에 선인장이 피어있다. 여긴 아무도 없다. 마지막 층이고 한 집밖에 없다. 이 집에 누가 사는지 보지 못했지만 아마 할아버지 한 분이 살지 않을까? 창가에 놓인 선인장을 보며 그런 생각이 들었다.

료바가 조심스레 초콜릿 포장을 풀어서 내게 건넸다.

"아버지는 어떠셔?" 내가 물었다.

그의 표정이 줄곧 좀 어두워서 뜸 들이지 말고 바로 물어보는 게 좋겠다고 판단했다.

"항상 그렇지 뭐." 추위에 언 코를 훌쩍이며 그가 말했다.

그렇군. 료바의 부모님은 새해 연휴가 끝나자 마자 알코올 중독 치료를 받았었다. 료바는 한 달간 기분이 굉장히 좋았었다. 집 안이 깨끗하게 정리되고, 료바의 어머니는 고기 파이를 만들어 주고, 그리고 조용하다! 나랑 료바는 쇼핑몰 메가에서 실크 블라우스를 사서 료바의 어머니인 마리나 막시모브나에게 선물했었다. 어머니가 직장을 구하는 중이어서 면접 때 입으시라고 말이다.

그런데 '항상 그렇지'라는 대답은, 잘 안 되고 있다는 뜻이다.

"료바, 부모님이 앰플 주사인가? 그거 맞으신다고 했는데……. 근데 술을 다시 드시면 죽을 수도 있는 거 아냐?"

"뭘 해도 안 되나 봐. 벌써 몇 번이나 해봤는데……. 너는 베르카랑 좀 어때?"

"미안해."

나는 료바를 안아줬다. 그가 너무 가엾다. 돕고 싶은데 어떻게 도울 수 있는지 모르겠다. 엄마랑 얘기해볼까? 그래도 엄마가 신경정신과에서 일하니까. 하지만 료바 부모님이 알코올 중독이라는 걸 알게 되면……. 결론적으로 좋을 게 하나도 없다.

"베르카는, 그걸 뭐라 하지? 폭식증? 아무튼 그거 같아."

"웬 폭식증?"

"밤마다 먹어. 근데 저녁 식사 때는 쪼끄만 애처럼 '이것도 싫어요, 저것도 싫어요!' 한단 말이지. 그러면서 한밤중에 일어나서 냉장고를 깡그리 비운다니까. 내가 직접 봤어. 부엌에 서서 소시지를 먹는데, 무슨 짐승도 아니고 그 큰 소시지를 통째로 들고 이만큼씩 크게 베어 먹더라구. 끔찍해. 우리 부모님은 몰라, 내가 아직 말 안 했어."

"응, 말하지 마. 신경성일 거야." 료바가 뭔가 안다는 듯이 말했다.

"신경성이면 치료를 받아야지. 남의 집 냉장고를 뒤적거릴 게 아니라."

나 정말 못됐다. 하지만 사람들이 다 베르카를 편들어 주는 데에 질려버렸다.

료바에게 전화가 왔다. 아파트 계단 전체에 핸드폰 벨 소리가 울린다.

"여보세요! 어, 안녕. 나 지금 통화하기가 좀 그런데……."

흠, 여자 목소리 같은데. 아니야, 질투하지 말아야지.

사실 난 질투심이 아주 많다!

갑자기 문이 열리더니 아주 작고 아담한 할머니가 밖을 내다봤다. 인형 같았다! 연보랏빛 가발도 쓰고 있다. 선인장은, 이 할머니 거였구나.

"애들아, 무슨 음악 소리가 이렇게 들리나 했단다. 너희들 나한테 온 거지?"

물어보는 게 아니라 그렇다고 믿는 거다, 희망에 차서.

료바가 핸드폰을 끄더니 말한다.

"아, 아니에요. 죄송합니다. 저희 지금 나갈 거예요. 잠깐 몸 좀 녹이려고 했어요."

"아니야, 괜찮다. 들어와라, 어서 들어와!" 할머니가 다급하게 말했다. "계단에 앉지 말고 우리 집에 들어와서 몸 녹이고 가!"

우리는 서로 곁눈질했다. 모르는 사람의 집에 들어가기가 너무 불편했다. 하지만 거절하는 게 더 불편할 것 같았다. 나는 그녀가 왜 우리를 부르는지 바로 알아차렸다. 외로워서다.

"감사합니다. 근데 저희 가봐야 돼서요."

"근데 그렇게 급하진 않아요." 료바의 눈을 가만히 바라보며 내가 말했다.

"잘 됐다! 애들아, 신발 벗고 어서 들어와라."

우리는 할머니 집으로 들어갔다. 무슨 냄새인지 모르겠지만 달콤하고 약간 매콤하기도 한 냄새가 풍겼다.

"나는 옐레나 세르게예브나라고 한단다. 그냥 레나 할머니라고 불러도 돼. 외투는 여기에 걸고."

우리도 각자의 이름을 말하며 방 안으로 들어갔다. 방 하나에 부엌이 있는 집이다. 모든 게 다 작았다. 할머니한테 딱 맞는 사이즈다. 상자 안에 들어온 것 같은 기분이 들었다. 작은 테이블과 소파, 벽에 걸린 카펫, 귀여운 시계. 굉장히 아늑하고 조금 덥기까지 하다.

"너희가 올 줄 알았던 건지 파이를 구웠단다!" 레나 할머니가 말했다.

"감사한데 저희 배고프지 않아요." 나는 거절하는 료바의 발을 밟았다.

"같이 차도 마시자. 아니면 너넨 커피를 마시니? 스타박스 같은 거?"

"스타벅스예요." 내가 웃으며 말했다. 정말 귀여운 할머니다! 귀에는 진주 귀걸이가 찰랑거린다.

레나 할머니는 부엌으로 가서 달그닥거리며 찻잔을 준비했다. 주전자의 물 끓는 소리가 들린다.

나와 료바는 손을 꼭 잡고 소파에 앉았다. 영화 속에 들어온 것 같다. 오래된 프랑스나 이탈리아 영화? 벽엔 파리의 샹젤리제 거리 그림이 걸려있고, 음…… 저건 뭐지? 축음기?

"생강 파이야, 사과도 들어있단다!" 레나 할머니가 파이가 담긴 접시를 가져오며 자랑스레 말했다. "료바, 주전자랑 거기 있는 것 좀 가져다 줄래?"

"그럼요, 당연하죠."

료바는 이럴 때면 정말 예의바름 그 자체다! 자기가 그럴 마음만 있다면 남들에게 좋은 인상을 남길 줄 안다. 특히 여자들에게는 더욱.

우리는 테이블에 둘러앉았고 내가 차를 따랐다. 언젠가 한 번 와 본 듯한, 정말 우리를 기다린 듯한 분위기다.

레나 할머니는, (사실 할머니란 말보다 '옐레나 세르게예브나'라고 부르는 게 훨씬 어울린다) 자신의 이야기를 털어놓기 시작했다. 오래전부터 느낀 건데 나이든 사람들은 말하는 걸 좋아한다. 나는 듣는 걸 좋아하는 편이라 그게 나쁘지 않다, 재미있기만 하다면. 파이를 한 입 물었다. 속에 사과만 든 게 아니라 베이컨도 들었다. 정말 맛있다!

난 그녀가 배우가 아니었을까 상상했지만 옐레나 세르게예브나는 우체부였다고 한다. 그녀는 평생을 중앙 우체국에서 일하면서 편지와 신문을 배달했다. 그런데 하루는, 그때가 70년 대였는데, 편지 한 통이 왔다. 프랑스에서 온 편지인데 발신자의 주소가 프로방스 지방의 마르세유였다. 그런데 수신자가 어디에 사는지 알 수 없었다. 주소가 물에 번져 지워졌기 때문이다. 도시 이름만 희미하게 보였는데 우리 도시였다고 한다. 수신자의 성과 이름은 남아있었다.

옐레나 세르게예브나는 그 편지를 프로방스로 되돌려 보내는 대신 수신자인 '바실레프 니콜라이 이바노비치'를 찾기로 결심했다. 굉장히 중요한 편지라는 생각이 들어서였다. 외국에서 우리 도시로 발송되어 오는 편지는 그리 많지 않았다.

그녀는 수신자를 찾기 시작했다. 우리 도시에 사는 바실레프 니콜라이 이바노비치는 86명이었다. 옐레나 세르게예브나는 근무 시간이 끝나면 이 사람들이 사는 곳을 전부 찾아다녔다. 수개월, 정확히는 9개월이 걸렸다. 그리고 81번째 바실레프 니콜라이가 편지의 수신자임이 밝혀졌다. 마침내 찾아낸 거다!

옐레나 세르게예브나는 너무 기뻐서 그 니콜라이란 사람에게 자신이 얼마나 오랫동안 그를 찾아다녔는지 얘기해줬다. 그렇게 그들은 친구가 됐고 곧 사랑에 빠졌고 결혼하기로 했다. 정말 영화 같은 스토리다! 하지만 더 재미있는 사실은 그 다음에 일어난 일이다.

니콜라이에게 편지를 보낸 곳은 마르세유의 한 공증 사무소였다. 니콜라이는 알지도 못하는 아주 먼 친척이 그에게 유산을 남긴 것이다. 편지에는 유산이 뭔지 자세히 써있지 않았는데 직접 상속자를 만나서 알려주겠다는 내용이었다. 니콜라이가 마르세유로 가야만 했다. 그 시절에 외국에 가려면 각종 서류와 허가증을 받아야 했기에 쉬운 일이 아니었다. 결국 1년 반 정도가 지난 후에야 마르세유로 갈 수 있었다. 그리고 전설적인 대부호가 되어 돌아왔다!

바실레프 니콜라이에게는 이제 성도 있고, 하인들도 있고, 말도 있고, 강도 소유하고 있다! 나는 옐레나 세르게예브나의 이야기에 입이 딱 벌어졌다. 기적이란 게 정말 있구나! 그리고 한 가지 궁금한 게 생겼지만 차마 물어볼 수가 없었다. 나중에 료바가 물어봤다.

"근데 할머니는 왜 여기 사세요? 마르세유에 안 가시고? 무슨 일 있었어요?"

아, 너무 민망한 질문이다.

"니콜라이가 다른 여자를 만났어." 옐레나 세르게예브나가 웬일로 웃으며 말했다.

"프로방스에서요? 그럴 줄 알았어요!"

나는 그 바실레프 니콜라이라는 사람이 바로 미워졌다. 옐레나 세르게예브나가 아니었으면 그 재산은, 그 강은 아예 없었을 거 아니야! 고마움도 모르는 냉정한 멍텅구리 같으니라고!

"그 사람은 프로방스에 대가족을 이루었어. 자녀가 넷이고, 손주들도 많고." 옐레나 세르게예브나가 마치 자기 일인냥 뿌듯하게 말했다.

정말 하느님의 민들레가 맞다!

"그래서 용서하신 거예요? 저라면 절대 용서 못 해요!" 먹고 있던 파이를 접시에 내려놓으며 말했다. 벌써 세 개째이긴 하다.

"그 사람을 사랑한다면 용서하고 말고가 어딨어."

이상하다. 나는 이해가 안 된다.

"니콜라이가 가끔 편지를 보내. 아내가 죽은 후에는 그림도 보내줬단다." 옐레나 세르게예브나는 사랑스러운 눈빛으로 샹젤리제 그림을 바라봤다. "어쨌든 그 사람이 어떻게 변했는지 직접 보고 싶긴 하구나."

"그렇게 떠나버린 사람을 뭐하러 봐요? 전 이해가 안 돼요." 내가 뾰루퉁하게 중얼거렸다.

료바는 아무 말도 안 했다.

우리는 차를 다 마시고 할머니와 인사를 나누고 집을 나왔다. 료바가 옐레나 세르게예브나에게 앞으로 자주 오겠다고 했다. 적어도 일주일에 한 번은 들르겠다고.

이럴 땐 그가 너무 사랑스러워서 심장이 콕콕 쑤신다.

지휘자의 등

알타이주 국립 필하모니 사이트에 들어가면 '6+', 즉 6세 이상이라는 표시가 있다. 그렇게 표시해 놓는 게 내 생각에도 맞는 것 같다. 내가 어렸을 적엔 불행히도 이런 제한을 두지 않았다. 어린 아이들을 필하모니의 교향악 연주회에 데려간다는 건 아이들에게 잠자기 전『전쟁과 평화』를 읽어주는 거나 마찬가지기 때문이다. 여러분도 이게 무슨 뜻인지 알 거다.

하지만 나의 진보적인 부모님은 그렇지 않았다. 어떤 법칙이든 예외는 있는 법이니까. 이 세상엔 콘서트홀 1열에 앉아 고개를 쳐들고 두 시간 반 동안 지휘자의 등을 보면서 알프레드 슈니트케의 교향곡 4번을 감탄스레 음미하는, 게다가 그 안에 담긴 수많은 뜻을 이해하는 모차르트와 같은 신동이 많다고 가정하는 수밖에.

작은 모차르트는 아니더라도 나는 시에서 개최하는 청소년 피아노 콩쿠르에서 2년 연속 우승했다. 지도 교수인 올가 블라디미로브나는 내가 굉장한 피아니스트가 될 거라고 생각한다.

아빠 역시 그렇게 기대한다. 나는 잘 모르겠다. 그렇게 될 수도 있겠지. 하지만 난 피아니스트가 되고 싶지 않다. 흐릿하긴 하지만 나만의 인생 계획이 따로 있다. 아직 열다섯 살 밖에 아닌데 왜 내가 다른 누군가의 바람대로 되어야 하지?

어쨌든 하루 세 시간 피아노 연습은 빠짐없이 하고 있다. 음악 학교 수업 외에 집에서 하는 연습만 말이다. 음악을 좋아하긴 하지만 이상하게도 해가 갈수록 음악에 대한 사랑은 어디론가 멀리 사라지는 것 같다. 영원 전부터 존재했을 법한 메트로놈의 막대가 눈앞에서 날 노려보는데 어떻게 사랑할 수 있겠어! 우승은 하겠지만 사랑하긴 어려울 것 같다. 음악 뿐만 아니라 모든 게 다 그렇다.

사랑은 이런 식으로 되지 않는다.

영리한 개들

부모님은 베르카가 학교 첫날에 수업을 빠뜨렸다는 사실을 끝까지 알지 못했다. 담임이 전화를 하지 않은 거다. 이유는 모르겠다.

하지만 그녀는 그 이후로 수업을 빼먹지 않았다. 진정한 모범생으로 일주일을 보냈다. 두 손을 책상 위에 가지런히 모은 채 칠판을 바라봤다. 다행히 내게 말을 걸지도 않았다. 최고점 인 5점[1]이 풍요의 뿔에서 쏟아지듯 그녀에게로 쏟아지고 있었 다. 우린 그 이유를 알고 있다. 가정에 안 좋은 일이 터진 사람 과 부대끼고 싶은 사람이 있을까? 없다. 새로운 지식에는 아무 런 관심을 보이지 않더라도 내버려두는 게 좋다. 어쨌든 잠시 머무는 사람이니까. 그녀가 우리 학교에서 예게 시험[2]을 볼 리 는 없다. 훌륭한 우리 학교의 평가 지수를 망칠 일도 없다. 그 러니 최고점을 주든 뭐를 주든 중요치 않다.

5점은…… 내 생각엔 2점보다도 나쁜 거다. 설명을 해보도록 하겠다. 예를 들어, 개를 키우게 돼서 빨리 훈련을 시키려 한 다 치자. 테이블 다리를 다 갉아먹기 전에 말이다. 그래서 개에 게 엄하게 대한다. 카펫에 쉬를 하면 바로 슬리퍼로 주둥이를 때리면서 '앉아! 넌 2점이야!' 한다. 근데 다음날 또 쉬를 했네? 좋아, 우리 집엔 목줄이란 게 있지. 그걸로 엉덩이를 때리면 많 이 아플 거야. 혹 이해 못했을까봐 하는 말인데 '1점'이 그렇다

---

1) 러시아 학교의 점수 체계는 1점부터 5점까지로 되어 있다. 5점 – Excellent, 4점 – Good, 3점 – Satisfying, 2점 – Not Satisfying, 1점 – Bad 이다.

2) 전국적으로 치러지는 고등학교 졸업 시험으로, 대학 입학 시험의 역할도 동시에 한다.

는 거다. 그런데 5점이나 4점은 쓰다듬어 주는 것과 같다. 개를 정말 좋아해서 쓰다듬는 게 아니라 드디어 점수가 올라서 눈이 튀어나오도록 세게 쓰다듬는 거다.

언젠가는 목표를 이룰 수 있게 된다. 개가 영리할수록 더 빨리 그렇게 되겠지. 하지만 모든 개가 다 똑같은 건 아니잖은가! 누군가는 좀 더 빨리 이해하고 누군가는 조금 느리고. 누군가는 평생 강아지로 남을 수 있지만 대신에 정말 신나고 행복할 수 있다. 1부터 5까지의 잣대로 모두를 평가할 순 없다.

이 이야기는 엄마가 예전에 해준 거다. 개에 대한 비유도 역시. 그래서 아빠 엄마는 학교의 평가 시스템에 반대한다고 했었다. 나도 반대하긴 하지만, 그렇다 해서 우리가 뭔가 바꿀 수 있는 게 아니다. 항의해도 소용없다. 영국에서는 아이들을 점수로 평가하지 않음에도 불구하고 아무 문제가 없다고 한다. 아이들이 바보로 자라지도 않는다. 그런데 우리는, 담임의 말을 빌리자면, 시급히 정신 차리고 공부를 하지 않으면 바보들이 늘어날 거라고 한다.

역설적이게도 우리 반에서 정신 차리고 있는 사람은 즈바료프가 유일하다. 오래전에 담임이 직접 그런 암시를 줬다.

어쩌다 철학적인 얘기를 늘어놨는데 그보다는 토요일에 쇼핑 간 얘기를 하는 게 낫겠다.

껍딱지

아침 식사 중에 아빠가 중요한 발표라도 하듯 말했다.

"메가 쇼핑몰에 가자. 걱정 마, 아가씨들. 내가 실컷 놀게 해 줄게!"

마음껏 쇼핑하라는 뜻이다. 누구나 혹할 만한 너그러움이다. 하지만 베르카에도 아빠가 있지, 그것도 평범한 설계사가 아니라 세계적으로 유명한 사람.

아무튼, 뭐.

다 같이 차를 타고 출발했다.

쇼핑몰 근처에 왔는데 벌써 북새통이다. 우리 도시에서 꽤 괜찮은 '위켄드'를 보낸다는 건 토요일에 메가 쇼핑몰에 갔다가 팬케이크 맛집에 들르는 것이다. 어디 갈 만한 곳이 딱히 없다. 집에서 TV만 보고 있을 수는 없으니.

"류다 아줌마, 여기 막스 마라도 있어요?" 베로니카 볼코바의 질문이다. 이 인간은 부끄러움도 염치도 없다.

"아니, 여긴 없을 거야." 엄마가 설명했다. "레닌스키에 있는 부티크에 가야 돼. 거기서 작은 숍을 본 것 같구나."

"돌아오는 길에 들르자." 아빠가 약속했다.

브랜드 같은 지루한 것들을 아빠가 알 리 없다. 아빠에겐 막스 마라나 셀라나 다 똑같다.

"아빠가 오늘은 숨은 백만장자가 됐네. 코레이코[1]라는 백만장자." 내가 말했다. "난 카페에 갈게요. 책 좀 읽어야 해서."

오해하지 마시길, 쇼핑은 나도 좋아한다. 하지만 이렇게 가족들 다 대동하고, 게다가 친하지도 않은 사람과 함께하는 쇼핑은 아니다.

"율랴, 왜 그래?" 엄마가 한숨 섞인 소리로 말했다. "오늘은 다 같이 시간을 보내기로 했잖아."

"같은 지붕 아래 있으니까 같이 있는 거잖아." 풍선과 깃발로 뒤덮인 천장을 보며 말했다.

"율······."

"알았어. 먼저 가고 있어요. 화장실에 들렀다 갈게."

난 진짜로 화장실에 가야 했다. 아침 식사 중에 아빠가 예브게니 올레고비치랑 카자흐스탄에서 총 맞아 죽을 뻔했던 얘기를 하는 동안 차를 세 잔이나 마신 덕분이다.

십 분 뒤에 분수 앞에서 만나기로 했다.

화장실엔 다행히 줄이 없었다. 칸에 들어가서 볼일을 보려

---

1) 1931년 소련에서 출간된 『금송아지』와 그 소설을 기반으로 제작된 영화에 등장하는 백만장자로, 자신의 수입을 숨기는 사람들을 뜻한다.

앉았다. 이렇게까지 자세히 써서 미안하지만 중요한 일이라서 그렇다. 그 화장실 칸이 앞으로의 내 인생의 (나를 포함한 여럿의) 분기점이 되었다고 할 수 있다. 분기점이 뭔지 궁금하다면 구글에서 검색해보시라.

아무튼 볼일을 보고 막 나오려는데 두 사람이 들어오는 소리가 들렸다. 누군지 바로 알 수 있었다. 소중한 내 친구들이다. 뼛속까지 친숙한 목소리가 들렸다. 마샤는 내 왼쪽 칸으로, 슈샤는 오른쪽 칸으로 들어왔다. 나는 마치 샌드위치 속 햄처럼 한가운데 있었다. 소리가 정말 잘 들리는 게 국립 필하모니 보다 훨씬 나았다.

"아무래도 그 원피스 살까 봐." 슈샤가 말했다. "사야한다는 마음의 소리가 들려."

"보라색?"

"아니, 맨 마지막 거 말고 그 전에 입었던 거. 소매 짧은 거."

"아, 예쁘더라. 어울려." 마샤가 말했다.

나는 '그러니까 이젠 나만 쏙 빼놓고 너희끼리 다닌다 이거지? 좋아. 염두에 둘게' 생각하고 있었다. 그런데 마샤가 내 생각을 읽은 것처럼 화장실 벽 하나를 사이에 두고 말했다.

"그래도 율랴 부를 걸 그랬어."

"어차피 안 왔을 거야." 슈샤의 말이다. "내가 알아."

그래? 내가 왜 안 간다는 걸까? 궁금하네. 슈샤, 왜 그런 건지 이유를 좀 알려줘.

"아님 볼코바도 데려왔을지 몰라. 둘이 꼭 붙어 다니잖아, 아주 껌딱지처럼."

아, 그런 거였어? 아무래도 슈샤의 이성에 마비가 온 것 같다. 붙어다니긴 자기들이 아주 꼭 붙어다니면서. 그리고 볼코바가 여기서 왜 나와? 나 따로, 베르카 따로지. 나는 나고 걔는 걔야.

"모르겠어, 그래도 맘이 좀 안 좋아. 아무튼, 이따 저녁에 전화해볼래."

"그래도 메가에 왔었다는 말은 하지 마. 완전 화낼 거야."

흠, 그래도 겁은 좀 나나 보지? 좋아.

"그 뒤로 나랑은 인사도 안 해. 남친 때문에 날 아주 짐승보듯 한다니까."

"그 얘기는 아예 하지 말았어야지." 마샤가 칸에서 나가서 손을 씻는다. "네가 잘못해놓고선."

"내가 잘못했다고? 료바가 마린카랑 무슨 모험을 즐기려는지 말 안하고 있는 걸 고맙게 여겨야지. 료바 완전 막 가잖아. 안 그래도 입이 근질근질한데."

마샤는 아무 말도 하지 않았다. 슈샤도 칸에서 나가더니 손을 씼었다. 핸드 드라이어가 웅웅거린다.

"원피스 먼저 사고 카페에 가자, 괜찮지?"

마지막으로 들은 슈샤의 말이다.

둘은 나가고 문이 닫혔다.

나는 몇 분을 더 앉아 있었다. 아니, 몇 년인가? 모르겠다.

마린카.

마린카.

11학년의 그 여자앤가? 다른 사람인가? 확실히 떠오르는 얼굴이 없다.

슈샤가 거짓말하는 거야. 하지만 거짓말할 이유가 없잖아? 내가 화장실에 있는 줄도 몰랐는데. 난 계속 화장실에 틀어박혀서 생각을 이어갔다. 마샤는 아무 말도 안 했지만 뭔가 알고 있는 것 같다. 심장이 너무 세게 뛰어서 손으로 가슴을 누르고 있었다.

시간이 어느 정도 흘러 화장실에서 나왔다. 주변의 모든 게 예전 같지 않다. 어떻게 설명해야 할지 모르겠다. 천장에 달린 풍선들은 바람이 빠져 오그라들었다. 처음엔 보지 못한 모습이다. 돌아다니는 사람들은 전부 이어폰을 꽂고 있다. 공중의 바람과 이야기를 나누는 것 같다.

분수에 가니 가족들은 당연히 없었다. 주머니에서 진동이 울려 핸드폰을 꺼냈다. 뭐지? 문자가 왔다.

"우리 카페에 와 있어. 치즈 케이크 먹을 거니까 어서 와."

심장이 다시 뛰기 시작한다. 이번엔 너무 기뻐서다. 하지만 처음엔 보지 못한 걸 발견했다.

마샤가 아니라 엄마가 보낸 문자다.

카페에서 날 기다리는 건 엄마와 아빠, 베르카이다.

11장. 패츌리 욕조

이 주 전만 해도 내 인생은 너무나 좋았다. 더 이상 바랄 수 없을 만큼 행복했다. 하지만 그땐 그 사실을 알지 못했다. 지금은 알지만 너무 늦어버렸다.

내겐 남자친구도 있었고

가장 친한 친구 두 명이 있었고

함께 있으면 좋은 친구들이 있었고

들어가 있으면 편안한 내 방도 있었다.

이 모든 게 더 이상 없다. 대신 베르카가 나타났다. 우주여, 땡큐 쏘 머취!

메가에 다녀온 후 갑자기 모든 게 극명하게 변했다. 누군가 나를 아름답고 아늑한 내 인생에서 꺼내어 다른 사람의 인생에 집어넣은 것 같다. 정말 이상한 기분이다.

아빠는 정말 마음이 넓다. 진정한 염세가다. 아니, 박애가! 이 두 단어가 늘 헷갈린다. 아빠는 나와 베르카가 맘껏 쇼핑하게 해줬고 그 다음엔 영화관에 데려갔다. 〈보이후드〉라는 영화를 봤는데 꽤 좋았다. 메이슨이라는 청년이 주인공인데 영화 초반엔 이제 막 학교에 다니기 시작한 아이였다가 마지막엔 열일곱 살이 되어 대학에 입학한다. 영화는 메이슨이 대학교에 들어가기 전까지의 삶을 그리고 있다. 그에겐 엄마와 누나가 있었다. 아버지도 있지만 같이 살지는 않았다. 메이슨의 엄마는 결혼을 여러 번 했다. 영화는 세 시간 정도로 아주 길다. 흥미로운 점은 메이슨 역을 여러 사람이 아닌 한 사람이 맡아 연기했다는 거다. 배우가 자라기를 기다리며 12년에 걸쳐 촬영을 했고, 시간이 어느 정도 지나면 이 다음 에피소드를 찍을 수도 있다고 한다.

베르카는 예상대로 이 영화를 맘에 들어하지 않았다. 그녀는 모든 면에서 나와 반대다. 지구상에서 나와 가장 닮지 않은 사람, 공통점이라곤 하나도 없는 사람을 찾아내야 한다면 베르카를 따라잡을 후보가 없을 거다. 똑같은 청바지, 똑같은 신발, 똑같은 스커트……. 누구든 마음 상하지 말라고 다 똑같이 샀음에도 불구하고 말이다.

아무튼 하던 얘기를 마저 하자. 일요일, 나는 욕조에 패출리 오일 입욕제를 풀고 당분간 방해하지 말아달라고 모두에게 부탁했다. 수첩과 볼펜을 가져오고, 호지어의 음악을 틀어 놓고, 뜨거운 거품 속으로 들어갔다. 앞으로 최소 두 시간은 여기가 내 집이다.

인생의 모든 게, 그리고 자신마저 무너져내릴 때는 정확한 계획이 필요하다. 세 가지 이하의 짧은 계획이면 좋다. 왜냐하면 네 번째 계획까지 갈 때쯤엔 상황이 변하므로 새로운 계획을 짜야 하기 때문이다.

나는 첫 번째 플랜으로 '마린카'라는 이름을 적었다. 그녀가 누구일지 직접 가려내고자 했다. 우리가 공통적으로 알고 있는 사람들 중에 한 명일 거다. 마샤와 슈샤가 다 알고 있는 인물이니까. 문제는 내가 아는 사람들 중에 마린카라는 여자는 11학년 B반의 파세치니크 마린카가 유일하다는 거다. 하지만 '료바와 그녀의 모험'이란 게 뭘지 도저히 상상이 되질 않는다. 두 사람은 매우 다르기 때문이다. 겉모습도 성격도 전혀 다르다.

안 되겠어. 전화해서 물어보는 수밖에. 하지만 누구한테 전화하지? 료바의 친구들은 설령 마린카가 누군지 안다 해도 말하지 않을 거다. 슈샤한테 할까? 아니면 마샤한테? 그럼 어제 내가 화장실에 있었다는 걸 말해야 되는데……. 그건 아니지. 우린 지금, 말하자면 냉전 상태니까. 그러니 그 어떤 정보 유출도 내게 불리한 쪽으로 활용될 게 뻔하다. 슈샤라면 정말 그럴 것이다.

두 가지 방법이 남았다. 료바에게 전화해서 솔직히 말해달라고 하든지 아니면 전화하지 말든지.

나는 호지어의 음악을 끄고 료바의 번호를 눌렀다.

"율랴, 안녕!"

"안녕, 뭐하고 있어?"

"그냥 있어."

간결함은 재능의 누이다.[1] 저쪽에서 신경을 거스르는 바스락 소리가 들린다. 마이크를 손으로 가릴 때 나는 그런 소리다. 무슨 소리를 감추려고 마이크를 가리는 걸까?

"지금 어디야?"

"집. 너는?"

거짓말이다. 얼굴도 안 빨개지겠지.

"나도 집. 지금 욕조에 누워있어."

---

[1] 러시아의 작가 안톤 체호프가 한 말로, 짧고 간결하게 쓰는 게 중요하다는 뜻.

그걸 왜 말한 거야? 단도직입적으로 물었어야지!

"율랴, 내가 좀 이따 전화할게. 지금 뭘 좀 하고 있어서……."

"그래, 이따 전화해."

전화를 끊었다. 내가 보기에도 난 물러 터졌다. 게다가 심하게 질투심이 많다. 하지만 그 누구에게도 이런 모습을 보이긴 싫다, 무슨 일이 있어도. 감정이 타올라 욕조가 부글부글 끓을 것 같다. 그 다음엔 폭발해서 문을 박차고.

"나는 눈의 여왕이야." 내 자신에게 말했다. 자존감을 높이기 위한 일종의 주문이다. "나는 눈의 여왕! 인간들의 심장을 얼음으로 태워서 산산조각으로 부셔버릴 거야."

한 손으로는 슈샤 베샤스늬의 목을 잡고, 또 한 손으로는 흉측한 마린카를 들어 올려서 마구 흔들어댄다. 난 크고 힘센 여왕이고 이 둘은 먼지처럼 작다. 그 다음엔 내 눈 앞에서 사라지도록 저 멀리 세게 던져버린다!

나는 눈의 여왕이다. 손이 하나 더 있었다면 베르카도 저 멀리 던져버릴 텐데.

이렇게 첫 번째 계획은 무한정 연기됐다.

두 번째 계획에 착수한다. 마샤한테 전화하기.

"안녕?"

"율랴, 잘 있었어? 어제 왜 안 받았어? 내가 전화했었는데."

"그래? 못 봤나봐, 미안해."

어제는 그녀와 말하고 싶지 않았다. 그러고 싶은 마음이 없었다.

"토요일에 뭐 했어?" 내가 물었다.

"어제 부모님이랑 스시 가게에 갔었어. 아빠 진급 기념으로!"

"그랬구나. 그 전엔?"

"별다른 거 없었는데. 보랴 만나고, 그 다음엔 생물 프로젝트 과제 했어. 넌 다 했어? 내일 생물 있잖아."

그녀는 일부러 이야기의 주제를 바꾸면서 쉴 새 없이 말하고 있다. 그래 그래.

"진작에 다 했어. 난 어제 가족들이랑 메가에 갔었어."

"아아아."

"카페에 잠깐 있다가 영화 봤어."

"그랬구나."

마샤가 급 침울해졌다. 아마 내가 메가에서 자기네들을 본 건지 못 본 건지 생각하고 있을 거다.

"알았어, 내일 보자." 내가 먼저 말했다.

"잠깐만, 근데 너……."

"챠오-카카오![1]"

종료 버튼을 눌렀다. 마음은 전혀 가벼워지지 않았고 오히려 더 나빠졌다. 계획처럼 되지 않고 있다.

3번을 본다. '베르카와 솔직하게 얘기하기. 전부 다 털어놓고 정리하기'. 수첩에서 메모한 종이를 찢어내 구겨서 천장으로 던져버렸다. 구겨진 종이는 소리 없이 물 위에 착륙해서 (착수라고 해야 하나?) 수도꼭지 쪽으로 흘러갔다.

아니야, 가끔은 논리를 따를 게 아니라 직감대로 해야 할 때가 있어. 직감이란 게 괜히 여자한테 주어진 게 아니잖아!

핸드폰의 메모장을 열어 뒤진다. 여기 어디 있었는데······ 아, 찾았다.

신호음이 한 번 울리더니 저쪽에서 전화를 받는다.

"와, 안녀-엉! 대박! 네가 나한테 전화를 다 하고. 마침 기다리고 있었어. 오늘 아침부터 뭔가 예감이 좋았거든."

"진짜?" 얼굴이 활짝 펴지면서 바보처럼 행복한 미소가 지어졌다.

"진짜야, 맹세해! 네가 전화해서 정말 좋아. 잠깐만, 천장까

---

1) 스페인어 '챠오(안녕)'라는 말에 '카카오'라는 단어를 붙여서 재미있게 쓰는 인사말.

지 점프 한 번만 하고."

갑자기 웃음이 터졌다. 미친 여자처럼 욕실이 떠나가도록 웃었다. 겨우 진정하고 그에게 물었다.

"미시카, 이제 뭐 할 거야? 산책하러 갈래?"

이국적인 이름

엄마의 생일이다. 엄마는 서른세 살, 나는 여덟 살. 집은 손님들로 가득하다. 부모님은 가까운 지인들을 초대해서 대접하는 걸 정말 좋아한다. 그런데 때마침 우리 집에 누군가가 태어났다. 바로 우리 차파가 강아지를 낳았다. 세 마리나 낳았다! 나는 보니파치, 브룬길다, 바르바라라는 이름을 붙여줬다. 이국적인 이름이 강아지들에게 정말 잘 어울렸다. 하지만 친척들은 끝내 이름을 외우지 못했다.

나는 집에 온 손님들에게도, 엄마가 하루 종일 손님들을 위해 만든 음식에도 관심이 없었다. 내겐 어른들과 한 식탁에 앉아 재미없는 이야기를 듣는 것보다 훨씬 중요하고 본질적인 일이 있었다. 특히 건배사는 정말 지루했다. 진행자는 당연히 예브게니 올레고비치였다.

"방으로 가자, 보여줄 게 있어." 내가 베르카에게 말했다.

이젠 그만 먹어도 되잖아?

침실로 들어가자 차파가 으르렁거렸다.

"왜 저러는 거야?" 베르카가 물었다.

"엄마의 본능이야. 새끼들을 보호하는 거지." 내가 설명했다.

"물지는 않아?"

베르카가 차파를 조금 무서워하는 것 같았다.

"한 마리 안아 볼래?" 내가 권하자 베르카가 좋다고 했다.

"차파, 잠깐만 브룬길다 좀 가져 갈게, 알았지? 걱정 마, 잠깐 안아보고 바로 돌려줄게."

구석에서 불안하게 새끼들을 핥고 있던 차파는 자신의 딸을 가져가는 걸 허락해줬다. 나를 믿기 때문이다. 브룬길다를 얼굴에 갖다 대본다. 아직 눈도 안 뜬 아주 조그만 강아지에게서 좋은 냄새가 난다! 하루 종일 끌어안고 냄새 맡고 싶다.

"자, 받아." 강아지를 베르카에게 내밀었다.

그녀가 조심히 강아지를 받더니 자기도 냄새를 맡는다.

"으악. 냄새가 왜 이렇게 고약해!"

"네가 더 고약해. 그냥 이리 줘."

나는 강아지를 다시 차파의 따뜻한 배에 내려놨다. 차파는 베르카의 냄새를 지우려는듯 새끼를 핥기 시작했다.

우리는 손님들이 있는 곳으로 돌아왔다. 케이크를 자르는 시간이었다. 스베타 아줌마는 예브게니 올레고비치가 코펜하겐에서 어떤 반응을 불러일으켰는지 숨 넘어가듯 말하고 있었다. 굉장한 환호와 박수갈채를 받았고, 리무진을 타고 어떤 성에 있는 어떤 왕을 예방했다고 한다. 어떤 왕인지는 모르겠다.

케이크를 먹고 있는데 베르카가 보이지 않았다. 어디 갔지?

나는 갑자기 불안해졌다. 차파가 낑낑대는 소리를 들은 건지, 아니면 그렇게 느꼈던 건지 아무튼 침실로 달려갔다.

베르카가 손에 봉지를 든 채 방 안을 돌고 있었다. 그녀는 깔깔대면서 봉지 든 손을 공중에 휘저었고 차파는 발작적으로 짖으며 그녀를 쫓아다녔다.

"뭐하는 거야?"

나는 베르카에게 달려가서 봉지를 빼앗았다.

"바보 멍청아!"

봉지에서 강아지들을 꺼냈지만 살았는지 죽었는지 알 수 없었다! 아직 눈을 뜨지 않은 상태여서 곧바로 알아채기가 어려웠다. 차파는 내 주위를 빙빙 돌더니 무릎 위로 올라와서는 낑낑대며 발로 긁기 시작했다. 새끼들이 괜찮은지 살피는 거다.

세 마리 모두 괜찮았다. 차파, 진정해.

깔깔 웃느라 얼굴이 벌게진 베르카를 본다.

정말 싫다.

"율, 무슨 일이니?" 엄마가 방으로 들어왔다.

"아무것도 아니에요, 류다 아줌마." 베르카가 내 대신 급히 대답했다. "그냥 놀고 있었어요."

그냥이라니, 놀고 있었다니…….

왠지 모르지만 난 이 사건을 자주 떠올린다. 그리고 아직도 베르카가 왜 그런 짓을 했는지 이해가 안 된다. 아마, 절대로 이해 못하겠지.

얼음처럼 차가운 물이 나오는 수도꼭지

아무래도 내가 먼저 마샤와 슈샤를 멀리한 것 같다. 메가 사건을 도저히 용서할 수 없었다. 내가 어리석다는 걸 안다. 애들이 나와 다시 만나려고 꽤 노력한 것도 안다. 특히 마샤는 자신이 잘못했다고 생각했고 슈샤도 꼬리를 내리고 내 주변을 맴돌았다. 하지만 난 눈의 여왕이다. 기억하는지? 나는 친구들이 내 앞자리에 앉아 순한 비둘기 두 마리가 되어 더 많이 괴로워하고 속상해하길 바랐다.

사실 난 그냥 질투한 거다. 마샤는 원래 '나의' 친구였다. 그 다음에 슈샤의 친구인 거다. 늘 그랬고 그렇게가 좋았다.

하지만 지금은 달라졌다. 둘이서 교실을 나가며 (어디 가는 걸까? 식당에? 화장실에?) 속닥거리고 웃는 걸 보고 있자니 슬퍼서 심장이 찢어질 듯했다. 아니, 사실은 내가 너무 못됐고 스스로가 불쌍하단 생각이 들어서 그런 것 같다. 솔직히 말하자면 그렇다.

그리고 베르카는 이 모든 걸 보고 느끼고 있었다. 그녀는 내게 무슨 일이 일어나고 있는지 눈치채고 있었으며 그녀의 트레이드 마크인 차가운 미소를 늘 짓고 있었다. 내게 아무 말도 안 했지만 그녀의 표정으로 보아 이 상황을 형언할 수 없이 재미있어 한다는 걸 알 수 있다. 내 고민을 다 아는 듯한 그녀의 표정.

그러던 중 사건이 터졌다. 베르카의 그런 모습은 솔직히 기대하지 못 했었다.

화학 시간에 일어난 일이다. 선생님이 나를 앞으로 불러냈고 난 그녀가 불러주는 공식을 받아 적어야 했다. 나는 화학을 별로 잘 하지 못한다. 아니 솔직히, 전혀 개념이 없다. 캄캄한 숲이나 마찬가지다. 그런데 우리 화학 선생님으로 말할 것 같으면 이름은 클라라 이바노브나 (이름만 들어도 심한 알러지 반응이 인다) - 존경 받는 교육가요, 국가 명예 교사요, 올림피아드에서 수차례 우승한 경력에, 우리 학교와 지역의 자랑인 인물이다. 나이는 60세 정도여서 퇴직해야 하는데도 학교에서 놔주질 않는다. 아무튼 클라라 이바노브나는 이유 없이 날 싫어한다. 사실 이유가 없는 건 아니다. 그녀도 내가 화학을 정말 싫어한다는 걸 온 맘으로 느끼고 있다.

나는 칠판 앞에서 창피를 당했다. 온갖 공식들이 불쌍한 내 머리 위로 쏟아졌고, 나는 그걸 어떻게 받아써야 하는지조차 몰랐다. 클라라 이바노브나는 내가 창피당하는 걸 즐기는 듯했는데 그것만으로는 부족했나 보다.

"들어가. 부끄럽고 수치스러운 줄 알아라, 필리모노바!"

그녀는 내 성을 제대로 알지도 못했다.

나는 뒤돌아서 내 자리로 돌아가려 했다.

"잠깐." 갑자기 클라라 이바노브나가 말했다. "다시 돌아봐."

나는 그녀를 향해 돌아섰다.

"얼굴에 그게 뭐니?"

"어디요?" 난 깜짝 놀라 물었다.

"화장에, 립스틱에! 얘들아, 좀 봐라. 밭에 세워 논 허수아비 같다. 누군지도 모르겠구나. 부끄럽고 수치스러운 줄 알아라." 이 말은 클라라 이바노브나가 즐겨 쓰는 표현이다.

"얼른 세면대로 가서 씻어! 앞으로 내 수업 시간에 이런 건 더 이상 허용 못 한다. 세상에, 주여, 저렇게 치장을 하고 다니다니. 이건 학교가 아니라……."

나는 교실 한복판에 서서 그냥 죽기를 바랐다. 여러분도 이미 알겠지만, 여자애들은 전부 화장을 하고 다닌다, 전부! 딱한 명 엘로나 다비도바만 제외하고. 게다가 난 코에만 살짝 팩트를 두드리고 입술에 립글로스를 발랐을 뿐이다. 내가 범죄라도 저질렀다는 건가?

너무 화가 나고 불쾌했지만 선생님에게 아무 말도 못했다.

그녀는 존경 받는 교육가요, 명예 교사요, 우리 도시의 자랑이요 이하 등등이니까. 교실은 장례식처럼 조용했다. 나는 창피해서 아이들 쪽을 보지도 못했다. 그럼에도 고개를 쭉 빼고 나를 쳐다보고 있는 아이들의 시선이 등뒤로 느껴졌다.

"필리모노바, 왜 그러고 서 있니? 세수하라고 했잖아!"

나는 칠판 옆 세면대로 가서 수도꼭지를 틀었다. 얼음처럼 차가운 물이 나왔다. 뜨거운 물은 없다. 수도꼭지는 하나뿐이다.

"죄송한데 질문해도 돼요?" 갑자기 베르카의 비아냥 섞인 목소리가 들렸다.

"먼저 일어나서 질문해라. 네 이름이…… 볼코바, 질문이 뭐니?"

"특별한 건 아닌데요, 그냥 여쭤보고 싶어서요. 선생님 남편이 선생님을 버리고 집을 나갔다는 게 정말이에요? 그것도 옆집 여자한테? 아님 그런 비슷한?"

오오오! 클라라 이바노브나에게서 분노가 치미는 게 느껴진다! 등이 오싹하다. 비록 그녀는 아직 아무 말도 안 했지만.

"제가 여기 새로 와서 자세히는 모르지만 학교에 그런 소문이 돌더라고요."

쥐 죽은 듯한 고요함. 하지만 베르카는 멈추지 않았다.

"아니, 원하지 않으면 대답 안 하셔도 돼요. 그건 선생님 자유니까요. 필리포바가 분을 바르든, 칠을 하든, 머리를 빡빡 밀든, 혀를 뚫든 자기가 원하면 그렇게 할 수 있는 자유가 있는 거잖아요. 제 말 무슨 뜻인지 이해하시죠, 클라라 자하로브나?"

"이바노브나야!" 화학이 날카롭게 외쳤다.

그녀의 얼굴이 시체처럼 창백해졌다. 나는 세수하려다 말고 수도꼭지를 잠갔다. 클라라 이바노브나는 물에 데인 사람처럼 불쑥 자리를 박차고 일어나 교실 밖으로 뛰쳐나갔다. 그 바람에 의자가 뒤로 넘어졌다.

이후 어땠는지는 말로 다 할 수가 없다. 아이들이 교실이 떠나가도록 미친듯이 웃기 시작했다. 캐비닛의 유리가 흔들리고 플라스크가 달그닥거릴 정도였다. 뭐라도 폭발하지 않은 게 다행이다.

"베르카, 대박!" 남자애들이 소리쳤다.

"파워가 장난 아닌데!"

"슈퍼우먼 볼코바!"

"베르카니까 저렇게 말할 수 있지. 계속 우리 학교에 있을 건 아니잖아. 그러니 어떻게 돼도 상관없지." 슈샤가 뾰루퉁하게 말했다.

"율랴, 괜찮아?" 자리로 돌아오자 마샤가 물었다.

나는 뺨을 맞은 것처럼 얼굴이 달아올랐다. 미처 마샤에게 대답하기도 전에 교장이 교실로 들어왔다. 뒤따라 화학이 들어왔다.

그리고 가장 우스운 일이 시작됐다.

상식적인 사람

"학교에서 날 부르다니!" 아빠가 저녁을 먹다가 기뻐했다. "굉장해! 교장실에 처음 들어가보는 거잖아, 교장 선생님하고 인사도 하고."

"아빠, 가서 너무 난리치진 말고." 내가 부탁했다. "아빠 때문에 클라라 이바노브나랑 더 안 좋아지면 어떡해. 안 그래도 문제가 넘쳐나는데."

"사랑하는 딸아, 내가 맹세하는데 반드시 문제가 있을 거야. 너 말고 클라라 이바노브나한테."

"아빠, 그러지 마요! 진짜 그러지 마."

"율랴, 걱정 마." 엄마가 말했다. "너희 아빠 상식적인 사람이야. 집에서나 괜히 큰소리치는 거지."

"누가 큰소리쳐? 내가? 사랑하는 여성분들, 내가 세상에서 젤 못 참는 게 뭔지 알아? 바로 이렇게 존경 받는다는 교육가들이 진심은 없고 딱딱한 껍질만 남아서 애들을 평안하고 즐겁게 살도록 내버려 두질 않는 거야. 그것도 내 아이들한테!" 아빠는 먼저 나를 보고 그 다음엔 베르카를 바라봤다. "근데 그런 선생을 가만히 두라고? 훈장인가 뭔가 받았다는 이유로?"

"제냐 아저씨, 그래도 제 편은 안 드셔도 돼요." 베르카가 말했다.

"베르카, 너도 좀 지나쳤어." 엄마가 지적했다. "그런 뜬소문을 왜 말하니? 그런 말은 하면 안 되는 거였어."

"알아요." 베르카가 포크로 샐러드를 찍으며 시무룩하게 말했다.

"류다, 당신 말도 맞아. 하지만 친구를 위해서 그런 거잖아. 자기 친구가 애들 다 보는 앞에서 린치를 당하니까!"

아빠는 과장된 표현을 즐겨 사용한다. 자기 친구라니. 린치를 당하다니. 셰익스피어 연극 같잖아.

"그리고 베르카는 자신이 잘못한 걸 인정했어. 딱 봐도 알잖아."

내가 보기에도 베르카의 표정이 너무 어두워서 자신이 괜한 말을 내뱉었다고 백 번 후회중인 것 같았다.

"여보, 학교엔 그냥 내가 가는 게 낫지 않을까?" 엄마가 상냥

155

하게 제안했다.

"누굴 불렀지? 날 불렀어. 그니까 내가 가야지!" 아빠가 단칼에 거절했다. "걱정들 마. 다 괜찮을 거야."

"저 초콜릿 좀 먹어도 되죠?" 베르카가 말했다. "단 게 좀 먹고 싶어요."

12장. 인류 최고의 발명품

료바랑 만나는 게 꺼려졌지만 그래도 어쨌든 만났다.

"무슨 일이 있었는지 제대로 설명 좀 해 봐."

"아무것도 아니라니까." 집에 돌아가는 길이었다. 길이 미끄러웠지만 그의 손을 잡지는 않았다.

"뭔가 있었던 것 같은데." 료바가 계속 걱정을 하는 게 좋았다. 뭔지 모를 그 '모험'에도 불구하고 어쨌든 내가 소중하다는 뜻이니까.

"아니야, 네가 그냥 그렇게 느끼는 거야. 나 진짜 괜찮아."

나는 지금은 때가 아닌 것 같아서 진지한 얘기는 다음으로 미루기로 했다.

아파트로 들어가서 엘리베이터를 눌렀다. 문이 바로 열렸다.

"나 사랑해?" 갑자기 사랑한단 말이 듣고 싶어서 그에게 물었다.

"아니." 료바가 웃으며 대답했다. "진짜 진짜 좋아해!"

그의 대답이 맘에 들지 않았다. 농담의 연속이다. '진짜 진짜 좋아하는 것'으로는 누르면 삑삑 소리가 나는 곰 인형이라든가, 잼을 얹은 팬케이크라든가, 스케이트 타기라든가 이런 게 있을 수 있다. 또 어떤 사람은 폭풍치는 바다를 진짜 진짜 좋아하고. 사랑하는 거랑 진짜 진짜 좋아하는 거랑은 차이가 크다. 게다가 미래의 아내가 될 사람에게라면!

슈샤의 말을 옮기자면, 사람들은 보통 순하고 믿을 만한 사람과 결혼한다고 한다. 그러니까 그녀가 아니라 나 같은 사람 말이다. 대신 슈샤 같은 여자에게는 장미 삼백 송이를 선물하지. 그녀는 진짜로 그런 거대한 꽃다발을 받은 적이 있었다. 반 애들이 전부 돌아가며 사진을 찍었었다, 물론 여자애들만 전부. 물리 교생 선생님까지 그 꽃다발을 찍어서 자기 인스타그램에 올렸었다. 또 슈샤 같은 여자는 멋진 차에 태워서 평생 드라이브만 한다. 평생은 아니겠지만, 아무튼······.

"다 왔다." 료바가 말했다.

엘리베이터에서 내려서 료바가 초인종을 눌렀다. 기다릴 것도 없이 곧장 문이 열렸다.

"아이구, 왔니? 난 또 이 저녁에 누군가 했지. 너희들이구나. 와줘서 정말 좋아!"

좁은 현관에 들어서서 외투를 벗었다. 료바가 점퍼를 벗어 벽에 걸었는데 난 순간 심장이 녹는 줄 알았다.

정장에 넥타이잖아! 둘 다 줄무늬가 있다.

완전히 새로운 모습이다. 료바는 자켓을 잡아당기며 옷매무새를 가다듬고 머리도 가지런히 만졌다. 머리에 뭔가를 발랐는지 좋은 향이 났다.

"너희가 올 줄 알고 오늘 아침에 마트에서 케이크를 샀잖니!" 옐레나 세르게예브나가 우리 주위를 왔다갔다 하며 말했다.

할머니는 오늘은 가발을 쓰지 않았는데 이 모습이 훨씬 좋다. 짧은 백발이다. 나도 나중에 나이들면 저런 스타일이고 싶다.

우리는 방으로 들어왔고 옐레나 세르게예브나는 차를 준비하러 부엌으로 갔다.

"웬일로 이렇게 멋지게 차려입었어? 면접 보러 갔었어?"

료바는 요즘 새 직장을 알아보고 있다.

"아니! 어…… 맞아." 료바의 얼굴이 빨개지는 게 뭔가 의심쩍다.

나는 또다시 거대한 질투심에 휩싸였다. 이렇게 매끈한 정장을 입고 하루 종일 어디에 있었던 걸까? 진정, 제발 진정해! 칼손의 목소리로 스스로에게 말했다. 개인의 연애사로 남의 집에서 시끄럽게 할 때가 아니다.

옐레나 세르게예브나가 가져다준 차를 마셨다. 케이크는 내가 좋아하는 초코 '나폴레옹'이었다. 하지만 생각이 많아진 나는 조금도 삼키질 못했고, 아무도 그걸 눈치채지 못했다.

료바가 옐레나 세르게예브나에게 작년에 스키 대회에 나가서 거의 우승할 뻔했던 이야기를 들려주고 있다. 점프대에서 발목을 삐끗하지 않았다면 정말로 우승했을 거다. 전날 밤에 눈이 왔는데 점프대의 눈이 잘 치워지지 않은 상태에서 료바가 첫 번째 선수로 나갔다. 이 얘기를 백오십 번은 들은 것 같다. 료바는 스키 대회 나갔던 얘기를 정말 좋아한다.

"료바는 굉장히 용감하구나!" 옐레나 세르게예브나가 아이처럼 감격했다. "난 높은 곳이 정말 무서워, 12층에 살고 있긴 하지만. 발코니가 없는 게 다행이지."

"여기 인터넷은 있어요?" 갑자기 료바가 물었다.

"아유, 별 우스운 말을 하는구나!" 손을 휘저으며 옐레나 세르게예브나가 말했다. "컴퓨터도 한 번 만져본 적 없는데. 나 같은 사람은 구시대 사람이잖니!"

"그건 왜?" 내가 물었다. "스마트폰으로 하면 되잖아."

료바는 내 말을 무시한 채 계속 말했다.

"들어보세요. 인터넷은 인류 최고의 발명품이에요. 전세계 구석구석의 사람들을 연결해 주거든요."

뭘 의도하는 걸까? 갑자기 웬 구석?

"스카이프를 예로 들어보자면, 어떤 사람이든 일 분이면 찾을 수 있고 전화도 할 수 있어요."

"일 분 만에 어떤 사람이든 다 찾을 수 있다는 건 좀 과장된 거고요." 내가 말했다. "그래도 외국에 있는 사람한테 전화할 수 있는 건 사실이에요. 화면으로 얼굴도 볼 수 있어요, 공짜로요."

"정말 그렇니?"

순간 옐레나 세르게예브나의 입술이 살짝 떨렸다. 그리고 료바가 무슨 생각으로 이런 말을 한 건지 짐작이 됐다.

"그 사람 만나고 싶으시죠?" 그가 묻는다.

"그럼, 만나고 싶지!"

나는 옐레나 세르게예브나를 보는 게 조금 민망해졌다. 할머니는 그새 마음이 크게 동요돼 있었다.

"얘들아, 고맙구나! 정말이야. 나는 너희가 다시 오리라고는 생각도 안 했어. 애들이 착하고 친절해서 노인네 집에 잠깐 들어왔다가 간 거라고 생각했는데, 너희들은…… 고맙다, 료바. 고맙구나, 율랴. 그나마 있던 친척들도 다 저 세상으로 가버려서 외롭긴 해. 나만 혼자 남아서 아직까지 이러고 살고 있으니. 가끔은 가만히 앉아서 주님이 날 언제 데려가실까 생각한단다. 외롭다고 느낄 때 말이야. 창가에 서서 시계가 째깍거리는 소리를 듣거나, 아니면 우울함을 달래보려고 파이를 굽지. 근데 그런 게 도움이 되겠니? 이 세상에 나를 필요로 하는 사람이 아무도 없는데."

"잠시만요." 내가 일어나며 말했다. "잠깐만 나갔다 올게요, 저기 뭐 좀……."

나는 계속 듣고 있을 수 없었다. 옐레나 세르게예브나가 너무나 가여웠다. 너무 가여워서 심장이 짓눌리는 듯했다. 하지만 내가 뭘 할 수 있겠어? 스카이프로 전화 통화 한 번 한다고 해서 달라질 게 있을까?

그래도 료바가 옳다. 설령 그 바실례프 니콜라이라는 사람을 못 찾는다 해도 (99.9% 못 찾는다고 확신한다) 시도는 할 수 있으니까. 흔한 말로, 지푸라기라도 잡아 봐야지.

"율랴, 안 나오고 뭐해?" 료바가 문을 두드렸다.

나는 욕실에 들어와 문을 잠그고 물을 틀어 놓고 있었다.

"어, 지금 나가."

료바가 복도에 서서 잘못을 저지른 강아지 같은 얼굴로 날 쳐다봤다. 그를 보자 한순간에 다 용서가 됐다. 마린카든 누구든, 내게 뭔가 숨기고 말하지 않는 것까지 다.

그게 뭐가 중요해? 자기랑 상관도 없는 할머니를 도우려고 저런 생각까지 하는 사람인데. 나는 솔직히 말해 지난 일주일 동안 단 한 번도 할머니를 떠올리지 않았잖아?

악순환

나는 카를로 아빠처럼[1] 하루 종일 죽어라 연습만 했다. 시에서 주관하는 콩쿠르가 내일 열리는데 내가 다니는 음악 학교가 아니라 음대 콘서트홀에서 열린다. 생각만 해도 머리털이 쭈뼛쭈뼛해진다. 거대한 무대, 3층짜리 홀, 음향 시설! 한마디로 소리 없는 공포다!

나만 이렇게 비정상적인 건지 모르겠다. 난, 예를 들면, 연주회 전날 밤에 전혀 잠을 자지 못한다. 하루 종일 먹지도 못한다. 연주회 당일에도 그렇다. 이게 내 몸에 얼마나 큰 스트레스인지 이해할런지.

바로 이런 이유로 음악을 싫어하게 됐다. 너무 간단하고 별

---

[1] 알렉세이 톨스토이의 『황금 열쇠, 또는 부라티노의 모험』에서 부라티노를 만든 아빠를 뜻한다. 매우 성실히 일하는 사람 또는 일은 많이 하지만 돈은 적게 버는 사람을 비유하는 말이다.

것 없다. 무대 공포증의 가장 심각한 단계인 것 같다. 무대에 오르기 전까지 지나치게 걱정을 한다. 하나부터 열까지 모든 게 걱정된다. 이 세상에 나처럼 겁 많은 애는 또 없지 싶다.

숨통을 트는 방법이라곤 하루 종일 연습하고 또 연습해서 실력을 높이는 것뿐이다. 그 외엔 할 수 있는 게 아무것도 없기 때문이다. 우승도 아마 그래서 하게 되는 것 같다. 나처럼 온 힘을 쏟아 붓는 사람은 없을 거다. 사실이 그렇다. 이건 나만의 착각이 아니라 올가 블라디미로브나를 비롯한 다른 선생님들이 말해준 내용이다.

악순환이다. 두려움이 크면 클수록 연주를 더 잘 하게 된다.

아빠는 내게 특별한 재능이 있다고 여기지만 난 그렇게 생각하지 않는다. 결코 아니다. 두려움 때문이다. 하지만 평생 좋아하지도 않는 일을 하면서 두려움 속에 살 순 없지 않은가! 세계적으로 유명한 피아니스트가 될 거라는 아빠의 예언이 맞다면 난 아마 음악을 증오하게 되겠지.

아니야, 아빠! 아니야! 미안하지만 난 세계적인 피아니스트가 되고 싶지 않아.

아무튼 가서 에튀드 한 번 더 쳐야지. 중간에 손가락이 좀 꼬였었어.

어떻게 해야 이 악순환에서 벗어날 수 있을까?

치즈 빵이 담긴 접시

밤에 취카가 나타났다. 꿈이 아니라 현실에서! 나는 분명 잠에 들지 않았다.

그것이 예전처럼 천장에서 내려와 침대 모서리에 앉더니 한숨을 내쉬었다. 나는 취카가 이불 속으로 촉수를 집어넣어서 내 발을 잡아당길까봐 꼼짝 않고 있었다.

"너 왜 안 자고 있어?"

누가 물어보는 건지 몰라 처음엔 어리둥절했다. 내가 늘 상상했던 취카의 목소리가 아니었다. 물론 그것과 한 번도 말해본 적은 없지만.

그런데 취카가 아니라 베르카가 옆에 앉아 있었다.

"떨려?"

"떨려."

나는 웬일인지 마음이 놓였다. 이 밤에 나 혼자만 잠 못 드는 게 아니었군.

"뭐 좀 먹으러 갈래?" 베르카가 말했다.

"그래." 나도 모르게 동의를 해버렸다. 사실 지금 가장 하기 싫은 것 중에 하나가 먹는 건데.

우리는 부모님이 깨지 않도록 조용히 부엌으로 가서 아래쪽 불을 켰다. 바닥 몰딩에 설치된 램프가 이런 밤 모임에 안성맞

춤이다.

베르카가 당당하게 냉장고를 열더니 의심스런 눈초리로 안에 든 내용물들을 살폈다.

"소시지가 다 떨어졌네."

"너 소시지 안 먹는 거 아니었어?"

베르카는 아무 말도 안 했다.

"어, 치즈 빵이다! 먹을래?"

"그건 내일 아침으로 먹을 거야. 콘서트 할 때마다 엄마가 만드는 거란 말야."

"뭐래, 너 어차피 안 먹잖아." 베르카는 치즈 빵이 담긴 접시와 잼과 우유를 가져와 식탁에 올려놓고는 제대로 한 끼 식사를 시작했다.

"너 근데 그거 알아?" 입안에 음식이 가득한 채 그녀가 말했다. "내일 무대에 올라가면서 속으로 이렇게 말해. '내가 당신들을 신경이나 쓸 것 같아? 다 발가벗고 앉아 있으면서!'"

"뭐?"

"확실하게 검증된 방법이야. 그래도 마음의 확신을 얻기 위해서는 몇 번 정도 반복하는 게 좋지. 심사 위원이든 방청객이든 다 발가벗고 앉아 있다고 상상해. 그러면 끝! 아빠도 맨날 그렇게 해."

"진짜? 무대를 무서워하셔?"

경력도 화려한 음악의 거장이 설마 그럴 줄이야!

"엄청 무서워해."

"모르겠어. 난 상상력이 부족한 편인데, 그런 상상을 하는 건 좀 힘들 것 같아." 내가 조심스레 말했다.

"오케이. 그러면 연습을 해보자!"

"연습?"

"그냥 상상해 봐. 내가 지금 네 앞에서 발가벗고 있다고 상상해봐."

헛, 참 별난 요청을 다…….

"뭘 고민해!" 베르카가 말했다.

"알았어. 해볼게."

그녀를 본다. 엄마가 만든 치즈 빵을 입맛 다시며 게걸스레 먹고 있다. 입안엔 잼과 코티지치즈가 한가득이고, 손가락은 끈적끈적하다. 우유팩을 열어서 그대로 입을 대고 마신다. 그리고 그녀는 발가벗고 있다. 갑자기 너무 웃겨서 웃음을 터뜨리고 말았다.

"상상했지?" 베르카가 물었다.

"어." 난 또다시 웃음이 터졌다.

"좋아. 지금 이렇게 한 걸 기억해 뒀다가 내일 무대에 오르면 똑같이 해. 알았어?"

"알았어. 근데 빵 한 개만 남겨 줘."

시작하세요

그때 우리는 셋이서 상트페테르부르크에 갔었다. 예브게니 올레고비치와 아빠랑 나. 그때 베르카 집에서 8일이나 지냈었다. 그 집에는 악기가 없어서 (침대가 없는 거랑 마찬가지로) 아파트 앞에 있는 유치원으로 연습을 하러 다녔었다. 예브게니 올레고비치가 유치원에 미리 얘기를 해뒀고 나는 조율도 잘 안 된 피아노로 연습을 해야만 했다. 잠은 간이침대에서 자면서.

나를 기숙 학교에 보내자고 한 건 아빠의 의견이었다. 그보다 더 나쁜 의견은 없었을 거다. 그 기숙 학교는 콘세르바토리아라는 음대 입학을 준비하는, 재능 있는 아이들을 위한 학교였다.

당시 나는 열 살이었고 내게는 그 학교에 가고 싶은지 아닌지 물어보지도 않았다. 내 피아노 선생님이었던 올가 블라디미로브나는 "그렇게 하면 정말 좋겠어요! 율랴에게 아주 좋은 기회가 될 거예요!"라고 동의했다.

그게 전부다. 그 이후론 내가 어떻게 피테르의 베르카 집에 있게 됐는지 기억이 안 날 정도로 빠르게 진행됐다.

그 집은 바르나울에 있는 예브게니 올레고비치의 아파트와 모든 게 똑같았다. 최소한의 가구만 있는 스파르타 양식! 예브게니 올레고비치는 빈에 주택을 구입할 목적으로 계속해서 돈을 모으고 있었고 스베타 아줌마와 베르카는 뭐든 최소한으로 살아야만 했다. 잠은 접었다 펼쳤다 하는 안락의자에서 자고, 옷은 벽에 매단 줄에 걸어 놓고, 그런 식이었다.

하지만 대신에 개가 있었다. '바기라'는 내 마음을 완전히 사로잡았다! 저면 셰퍼드라는 품종인데 개가 아니라 표범 같았다! 까맣고 큰 몸집의 우아한 흑표범! 하지만 베르카는 내가 자기 개를 좋아하는 걸 탐탁치 않게 여겼다. 그녀는 자신의 '동물'을 자랑스러워하며 바기라 돌보는 일을 도맡아 했다. 산책도 시키고, 공터에 나가 『개 사육 지침서』에 따라 훈련도 시켰다. 베르카는 바기라에게 절대 복종을 요구했고 관대한 바기라는 흔쾌히 그녀에게 복종했다.

'앉아!' 베르카가 명령하면 셰퍼드는 즉시 말을 들었다. "바기라는 '누워!'는 기본이고 '가져와!'라는 명령도 알아들어. 밖에 나가서 보여줄게." 베르카가 말했다.

하지만 바기라와 산책 나가는 대신 나는 그 빌어먹을 유치원에 가서 지쳐 쓰러지기 직전까지 음악을 공부해야 했다. 예브게니 올레고비치와 아빠는 저녁마다 부엌에 앉아 이야기를 나누며 꿈을 키워갔다. 기숙 학교에서 나를 받아주면 정말 좋겠다는 꿈 말이다. 만약 입학이 허락되면 아빠 엄마도 조만간 피테르로 이사올 거라 했다. 2년이나 3년 후에.

그들에게 2, 3년은 아무것도 아닌 일상적인 것인가 보다. 하지만 내게 그 시간은 인생 전부나 마찬가지다! 낯선 곳에서 엄마도 없이 혼자 살아야 하는, 무섭도록 외로운 인생!

나는 이 일을 허용할 수 없었다.

오디션을 위해 음악 학교에 갔을 때 담당 선생님은 이루 말할 수 없이 기뻐했다. 내가 그냥 아무나가 아니라 예브게니 볼코프가 친히 추천한 아이였기 때문이다!

"꼬마 아가씨, 얘기 아주 많이 들었어요. 어떤 곡을 연주할 건가요?" 턱수염 가득한 선생님이 물었다.

"체르니 에튀드요." 나는 기어들어가는 목소리로 대답했다.

"시작하세요."

그래서 난 연주를 시작했다.

드디어 시작했다.

여지껏 그런 식으로 연주한 적은 한 번도 없었다. 한마디로 최악이었다. 나무 막대기처럼 딱딱한 손가락으로 못을 박듯 건반을 두드려대며 생각했다. '나 지금 뭐하는 거지? 왜 이래야 하는 거지?'

아빠와 예브게니 올레고비치가 나를 쳐다보는 게 느껴졌다. 그들은 눈앞에서 벌어지는 일에 충격을 받아 어쩔 줄 몰라 했다. 아마 머리칼이 다 곤두섰을 거다. 하지만 나는 그럴 수밖에 없었다.

난 단지 기숙 학교에서 3년이나 살아야 되는 게 싫었을 뿐이다!

연주를 마치자 예브게니 올레고비치가 달라진 목소리 톤으로 말했다.

"루돌프 마이세예비치, 아이가 긴장을 많이 했네요. 다른 곡을 하나 더 연주하는 게 좋을 것 같습니다. 얘야, 또 뭘 준비했니?"

"마이카파르의 <부르늬 빠토크(Stormy Stream)>이요." 내 목소리가 모기처럼 앵앵거렸다.

"예브게니 올례고비치, 옳은 말씀입니다만……." 털보 선생님이 말끝을 흐렸다. "잠시 저희끼리 이야기하고 싶은데 괜찮으시죠?" 납작하게 눌린 빵처럼 앉아 있는 아빠에게 그가 양해를 구했다.

"그럼요, 그럼요."

아빠와 나는 복도로 나왔다. 안에서 비밀 이야기가 오가는 동안 아빠와 나는 한마디도 안 했다. 무슨 말을 할 수 있었겠어?

"이건 수치야! T 앞에서 그런 망신을 당하게 하다니!" 그날 저녁 부엌에서 예브게니 올례고비치가 스베타 아줌마에게 불평을 쏟아냈다. "학기 중간에 오디션 보게 하려고 내가 얼마나 애쓴지 알아?"

부엌에서 주고받는 얘기가 방 안 간이침대에 누워 있는 내게 들려왔다. 아빠는 잠깐 바람 쐬러 나가서 그 말을 듣지 않은 게 다행이었다.

간이침대에 누워 내일이면 집으로 돌아가겠구나 생각했다. 기숙 학교도 더이상 걱정할 필요 없다. 하지만 전혀 기쁘지 않았다. 오히려 반대였다.

아빠가 너무 불쌍했다.

13장. 허리를 꼿꼿이 펴고

 늘 똑같았던 콩쿠르에 대해선 얘기하지 않겠다. 세 시간 동안 파르르 떨며 앉아 있다가 오 분간의 극도의 고통을 거쳐 '네, 우승입니다!' 상패와 꽃다발, 초콜릿 상자 그리고 허망하게 소모된 내 신경 세포들.

 그보다는 아빠가 교장한테 다녀온 얘기를 하는 게 낫겠다. 그거야말로 진짜 특별한 사건이니까.

 수학 시간에 방정식을 풀고 있을 때였다. 문이 열리더니 교무 부장이 말했다.

 "율랴 필리포바, 교장 선생님께 가보세요."

 "지금이요?" 내가 물었다.

"네, 지금 가세요."

아빠가 오늘 학교에 온다는 건 알았지만 아직 학교에 있는 건지 왔다가 간 건지는 알 수 없었다. 사실 나도 교장실에 가본 적이 없다. 그럴 이유가 없었으니까. 이젠 이유가 생겼다.

2층으로 내려가는 동안 내 자신이 불량배처럼 느껴졌다. 난 폭한 불량배. 아빠가 학교로 불려왔고 이젠 내가 불려간다. 그래, 인생이 하루가 다르게 훌륭해지고 있어. 아빠가 지혜롭게 대처해서 다 잘 해결되길 바랐지만 일이 그렇게 아름답게 끝나지 않을 거라고 직감했다.

교장실에 들어가서 맨 처음 눈에 들어온 건 클라라 이바노브나였다. 그녀는 허리를 꼿꼿이 펴고 앉아 있었다. 두 손을 무릎 위에 가지런히 올려놓은 게 딱 유치원 애들 사진 찍을 때 포즈다. 매머드 형상을 닮은 거대한 책상 뒤에 교장인 빅토르 드미트리예비치가 앉아 있었고 그 옆에 아빠가 있었다. 아빠는 미친 악어 마냥 윗니, 아랫니 다 보일 정도로 입을 활짝 벌려 미소를 지었고, 교장과 화학은 반대로 완전히 침울했다. 정확히 표현하자면 빅토르 드미트리예비치는 얼굴을 찌푸린 채 어깨를 들썩였고, 화학은 매우 슬퍼보였다. 지나치도록. 마치 관객에게 자신이 느끼는 우주적인 비애를 얼굴 표정과 몸짓으로만 표현하는 무성극 연기자 같았다.

"율랴, 어서 들어와라."

나는 교장실 한가운데에 덩그러니 서 있었다. 앉을 만한 자리가 없었다. 클라라 이바노브나의 무릎 위에 앉을 수는 없으니까.

"클라라 이바노브나의 수업 시간에 있었던 유감스러운 일에 대해 다 들었단다."

"죄송해요. 그런데……."

"잠깐만 율랴, 일단 들어 봐." 교장이 부탁했다. "그건 정말 과하게 안 좋은 일이었어."

어어, 설마 립글로즈 때문에 학교에서 쫓겨나는 건 아니겠지? 그래도 아빠가 있어서 무섭지는 않다. 아빠가 와 있는데 화학이 날 어떻게 하진 못하지.

"우리 학교는 앞서가는 학교입니다." 빅토르 드미트리예비치의 지루한 연설이 시작됐다. 이 다음에 무슨 말이 나올지 다 외고 있을 정도다. 이제 곧 훌륭한 우리 학교의 학생들이 지켜야 할 철저한 규율, 기본 중의 기본에 대한 말씀이 있을 거다. 학생들이 규율을 엄중히 지키기 때문에 우리 학교의 평가 점수가 그렇게 높은 것이다. 하지만 지각없는 어떤 학생들, 예를 들어 얼굴에 분칠하고 다니는 나 같은 학생들 때문에 그 신화적인 점수가 깎일 수 있다! 게다가 그런 학생들로 인해 우리 학교 최고의 교사이자 존경 받는 교육가의 소중한 건강을 해칠 수 있…….

"클라라 이바노브나!" 교장이 큰 소리로 말하는 바람에 정신이 돌아왔다. "이 상황에선 선생님이 학생에게 사과하는 게 온당하다고 생각됩니다."

학생? 어떤 학생? 뜻밖의 말에 처음엔 그게 나를 가리키는 건지도 몰랐다.

교장 선생님, 상상이 지나치세요! 화학이 제게 사과를 하느니 퇴직을 선택하겠죠! 클라라 이바노브나는 딴딴하게 단련된 강철 같아서 '미안하다'는 말을 하느니 공복에 청산가리를 삼킬 사람이라고요!

아빠를 쳐다보자 내게 윙크를 했다. 아빠는 지금 신이 난 거다. 난 그렇지 않은데. 예상대로 이제 그녀가 뭔가 굴욕적인 말을 던지겠지.

"율리치카." 클라라 이바노브나가 갑자기 천사처럼 부드럽게 말했다. 하지만 내겐 핵폭탄이 터지는 소리였다.

왜냐하면 첫째, 그녀는 여태까지 단 한 번도 학생을 부를 때 이름을 사용하지 않았기 때문이다. 그녀가 아끼는 즈바료프를 부를 때조차 이름이 아닌 성을 부른다.

둘째, 그런 그녀가, 내 성을 제대로 기억도 못하는 그녀가 갑자기 '율리치카'라는 애칭으로 날 부르다니!

환상적이다! 아빠, 도대체 이 사람들을 어떻게 한 거야?

"율리치카." 클라라 이바노브나가 처음 들어보는 온순한 목소리로 다시 내 이름을 부르며 자리에서 일어났다. "미안하다. 나의 권위적인 태도를 용서해주면 좋겠구나."

미안하다 말하는 동안 클라라 이바노브나의 얼굴이 좀 이상하게 움직였다. 마치 치통이 심해서 한마디 한마디 발음하기가 괴로운 듯한 표정이었다.

어쨌거나 이 일은 내게 대단한 충격이었다. 그녀를 보니 더 이상 지난 몇 년간 나를 불안에 떨게 했던 괴물이 아니었다. 그 괴물은 없어지고 내 앞엔 불행하고 외로운, 이 세상에 가진 거라곤 학교 밖에 없는, 나이 든 여자가 서 있었다. 그래서 그렇게 열심히, 마지막 남은 힘을 다해 붙잡고 버틴다는 게 온갖 수단으로 학생들 머릿속에 빌어먹을 화학을 밀어 넣는 것이었다. 달리 어찌 할 줄도 몰랐고, 되지도 않았다. 학생들과 좀 다르게 지낼 수 있는 법을 그녀는 알지 못했다.

"아니에요, 괜찮아요. 선생님한테 안 좋은 맘 없어요, 진짜예요." 서둘러 중얼거리고선 한마디 덧붙였다. "감사합니다." 이 말은 또 왜 나온 건지……

나이 많은 사람이 내 앞에 서서 용서를 구하는 게 그냥 불편했다.

"클라라 이바노브나, 앉으세요." 교장이 말했다. "그럼, 제 생각엔 이것으로 유감스러운 일을 종결짓는 게 좋을 것 같습니다만. 여기 계신 분들 전부 각자 합당한 결론을 내렸으니까요. 그렇죠, 클라라 이바노브나?"

"그럼요, 교장 선생님!" 화학이 재빨리 대답했다. "허락하신다면 제가 한 말씀 더 드리고 싶은데요. 예브게니 아나톨례비치, 따님은 화학에 소질이 있어요."

아빠는 어떻게 대답해야 할지 몰랐다. 너무나 당황스러운 말이었다.

"정말 그렇다니까요, 절 믿어주세요." 클라라 이바노브나는 열정적으로 말하기 시작했다. "제가 생각해 본 것이 있는데, 하하하! 그러니까 율리치카에겐 보충 수업이 반드시 필요합니다. 물론 선생님의 지도 하에요."

"왜 필요한 거죠?" 아빠는 이해를 못 했다.

"왜라뇨?" 클라라 이바노브나의 눈썹이 지붕 모양이 됐다. 과연 모노 드라마의 달인이다.

"율랴에게 재능이 있다고 말씀드렸잖아요. 제가 직접 지도해서 학기말에는 화학 과목에 틀림없이 5점을 받도록 할 수 있어요. 결과는 제가 보장하니 믿으셔도 됩니다."

아빠는 '틀림없이 5점을'이란 말을 듣자마자 얼굴을 찌푸렸다. 나는 또 일이 커질까봐 걱정했지만 아빠는 참고 넘겼다.

"선생님, 고맙습니다만 율랴에겐 다른 계획이 있어요. 율랴는 음악을 하기 때문에 화학은 그다지 도움이 되지 않아요, 이해되시죠? 저희는 율랴가 멘델레예프가 되길 바라지 않아요, 정말이에요. 좀 더 재능있는 다른 학생에게 집중해주시는 게 좋을 것 같습니다." 아빠는 이렇게 설명하며 클라라 이바노브나를 향해 멋진 미소를 지었다. "저희는 성적표 잘 받으려고 애쓰지 않아요."

"저는 좀 다른 생각입니다!" 화학이 굽히지 않자 교장이 그녀의 말을 중단했다.

"율랴는 이만 보내는 게 좋겠습니다. 율랴, 교실로 돌아가렴."

"안녕히 계세요." 나는 인사를 하고 재빨리 나왔다.

우리 아빠 완전 좋아. 정말 최고! 뼈가 우드득거릴 정도로 세게 아빠를 안아주고 싶다.

다음날 화학 수업이 있어서 화학 교실에 가는데 꼭 노동 수용소에 가는 것 같았다. 클라라 이바노브나가 나에 대한 증오를 품고 있을 게 뻔하기 때문이다. 그렇지 않을 수는 없다.

하지만 괜한 걱정이었다. 클라라 이바노브나는 생전 처음 내게 5점을 주었고 잘 했다며 칭찬까지 했다. 맹세하지만 내가 한 것이라곤 쉬는 시간에 교과서를 몇 장 훑은 게 전부였는데 말이다.

14장. 괴발개발. 닭발.

나는 더 이상 스웨터에 가지 않았다. 첫째 이유는 최근 들어 아무도 날 거기로 부르지 않았기 때문이다. 마샤와 슈샤는 이제 내겐 신경도 안 쓰고 둘이서 잘만 다닌다. 둘째는 내게도 그보다 더 흥미로운 일들이 있기 때문이다. 셋째는 미시카와 마주치는 걸 피하고 싶었기 때문이다. 내가 일요일에 미시카한테 전화해서 같이 산책 한 번 한 걸로 미시카가 오해를 한 듯하다. 정말이지 괜한 희망을 주고 싶지 않다. 내게는 료바가 있다.

'마린카'라는 여자에 대해서는 묻어두기로 했다. 이제 남들이 떠들어대는 소문은 듣지 않을 거다. 대신 내 마음이 하는 말을 들을 거다. 내 마음은 료바가 나를 자기 목숨보다도 사랑한다고 말하고 있다. 그러니 비겁한 슈샤, 오물은 필요 없어.

아무튼 지금 하려는 얘기는 내 얘기가 아니라 베르카에 대한 얘기다. 정확히는 그녀의 일기장에 대한.

나는 그녀가 일기를 쓰는지 몰랐다. 베르카가 일기든 뭐든 내 앞에서 뭔가를 쓰는 걸 도통 본 적이 없다. 학교가 끝나면 어딘가를 돌아다니고, 집에 오면 간이침대에서 뒹굴며 자기가 좋아하는 록 음악을 듣는다. 숙제는 언제 하는지 모르겠다. 하긴 하나?

지난번에 베르카가 일기장을 책상에 놓고 나갔다. 그것도 아무나 와서 보란 듯 펼쳐 놓고서.

그날이 아니었다면 내가 그녀의 일기장을 훔쳐보는 일은 절대로 없었을 거다. 그날 베르카의 일기장을 보고 갑자기 떠오른 일이 있다. 죽을 만큼 창피해서 이틀을 통곡했었다.

그녀의 괴발개발에 대해 누구처럼 반 전체에 떠들어 댈 생각은 없다. 베르카의 글씨는 그냥 닭발이다. 난 그럴 성격이 못 된다.

하지만 남의 일기장을 훔쳐보는 건, 할 수 있었지.

나는 한 삼십 분을 책상 주위만 맴돌았다. 엄마가 사료가 아닌 따뜻한 음식을 그릇에 담아 줄 때의 페니모르 쿠페르처럼. 햄릿처럼 읽느냐 마느냐 심한 갈등에 사로잡혀 있었다. 하지만 이건 양심의 문제라기 보다 불신의 문제였다. 왜냐하면 내가 정말로 더는 베르카와 함께 살 수 없을 것 같은, 어떤 결정적인 말들을 읽게 될 수도 있다는 두려움이 있었기 때문이다. 그 정도로 베르카와 나는 서로에 대한 인내심이 바닥난 상태였다.

내가 어떤 결정을 내렸느냐? 첫째, 이건 하늘이 준 신호다. 둘째, 쓰디쓴 진실이 의심과 불신보다 낫다. 셋째, 일기장을 아무데나 펼쳐 놓은 건 그녀의 잘못이다.

그래서 난 책상에 앉아 일기장을 읽기 시작했다. 산 너머 산인 불쌍한 나……. 머리칼이 곤두서는 것 같았다. 전혀 상상치 못한 이야기가 써 있었기 때문이다.

내 친구 쿠쟈

나는 일곱 살 때 1학년 중간 무렵부터 일기를 쓰기 시작했다. 그때 나는 심장 질환이 있어서 홈스쿨링을 하느라 조금 외로웠다. 그래서 친구를 만들었다. '쿠쟈'라는 이름도 붙여줬다. 바보 같은 이름이라는 걸 알지만 당시 난 겨우 일곱살이었으니까. 그러니 뭐.

나는 모든 기쁨과 슬픔을 쿠쟈와 함께 나눴다. 정확히 2년 동안 쿠쟈는 가장 좋은 친구였고 비밀도 잘 간직해줬다. 내가 우승했을 땐 같이 기뻐했고 거북이 토르틸라가 4층 아파트 베란다에서 떨어져 죽었을 땐 같이 엄청 슬퍼해줬다.

그런 쿠쟈를 내가 불태워버렸다.

베르카 때문이다. 그 애 말고 또 누가 있겠어?

그날 일기장을 왜 가져갔는지 모르겠다. 기억도 안 나고 그건 중요치 않다. 중요한 건 내가 쉬는 시간에 식당에 다녀오는 동안 베르카가 내 가방을 뒤져서 쿠쟈를 발견했고, 조금의 양심의 가책도 없이 쿠쟈를 읽기 시작했다는 거다.

식당에서 교실로 돌아왔을 때는 베르카가 이미 코스챠 P에 대한 부분을 읽고 있었다. 그는 우리 학교 3학년이었는데 나는 그 코스챠 P를 짝사랑하고 있었다. 아무도 그 사실을 몰랐다! 지구상에 숨 쉬는 그 어떤 생명체도! 나는 코스챠 P에 대한 사랑을 눈동자처럼 소중히 간직하고 있었다. 마치 전설 속의 마법사 까쎄이가 자신의 불멸을 위해 바늘을 알 속에 감추어 놓듯! 쿠쟈를 학교에 가져온 건 용납할 수 없는 내 실수였다. 쿠쟈는 코스챠에 대해 다 알고 있었기 때문이다. 그리고 이젠 베르카도.

"이리 줘!" 나는 소리를 지르며 그녀의 손에서 일기장을 낚아채려 했다.

하지만 실패했다. 베르카는 책상 위로 올라가서 쿠쟈를 허공에 흔들었다.

"차렷! 차렷!" 베르카는 개한테 시키는 명령어를 내게 외쳤다.

"얼른 내놔!" 나는 소리를 질렀다. 분하고 억울해서 눈앞이 팽돌았다.

"그게 뭔데? 일기장?" 애들이 일제히 관심을 보였다.

"일기장 이름이 뭔지 알아? 쿠우우우쟈! 진짜 웃겨!" 베르카가 애들이 다 듣도록 말했다. "내가 좀 읽어 줄게."

"하지 마. 그냥 줘!"

나는 그녀가 무얼 읽으려 하는지 알았다.

"여기 들어 봐! '침대에 누웠지만 잠이 오지 않는다. 나는 코스차 P를 생각하고 있다. 그의 눈동자는 호수처럼 파랗다! 그리고 나는 그가 머리를 짧게 자르지 않은 게 너무 좋다. 우리 반 남자애들은 전부 다 똑같이 짧은 머리인데 코스차 P는 까만색 곱슬머리다. 냄새를 맡아보고 싶다!' 냄새를 맡아 보고 싶대!" 베르카가 소리 높여 따라했다. *"얘들아, 나 좀 붙잡아줘, 떨어질 것 같아!"*

더 이상 참을 수 없었던 나는 무서운 짓을 해버렸다. 베르카를 죽이기로 결심하고 실행에 옮긴 것이다. 나는 팔을 휘둘러서 주먹으로 그녀의 다리를 세게 친 다음, 있는 힘껏 그녀를 밀쳤다. 베르카는 책상 위에서 바닥으로 나동그라졌다.

그녀가 바닥에 떨어지면서 쿵! 하고 무시무시한 소리가 났다! 나중에 보니 의자 등받이에 얼굴을 부딪혀서 이가 두 개나 빠졌다.

하지만 여러분이 예상했듯 베르카는 죽지 않았다. 그리고 어떻게 한 건지 모를 신기한 일이지만 빠진 이 두 개도 제자리에 다시 끼워 넣었다.

그날 저녁 음악 학교 수업을 마치고 나는 어느 공터에 있던 쓰레기통에다 쿠쟈를 버리고 불태워 버렸다. 쿠쟈는 다른 종이 쓰레기들과 함께 타들어갔다. 책장이 돌돌 말리면서 까맣게 타다가 부스러져서 날아갔다.

그 뒤로 난 내 생각을 절대 종이에 적지 않았다, 절대! 시도를 해봤지만 매번 코스차 P의 모습이 눈앞에 아른거렸다. 그는 얼굴이 빨개져서 나를 무슨 몹쓸 병에 걸린 환자 보듯 쳐다봤었다.

다행이도 두 달 후 코스차 P는 다른 곳으로 이사갔다.

필리포크

페테르부르크에서 베르카가 어떻게 살았는지에 대해서는 읽지 않기로 했다. 그건 나랑은 상관없는 일이고 내가 알 권리도 없다. 그래서 중간쯤으로 일기장을 넘겼다.

처음엔 스베타 아줌마에 대한 이야기가 있었다. 예브게니 올레고비치가 우리 도시의 필하모니에서 지휘를 하던 기간이었는데 갑작스레 스베타 아줌마를 입원시켰다고 한다. 베르카는 그때 피테르에 있었다. 그녀에겐 아무 연락도 하지 않았다. 그래서 엄마가 돌아가신 것도 모르고 있었다. 소식을 알게 되어 바로 이곳으로 오려고 했지만 할머니가 허락하질 않았다. 베르카는 비행기 티켓을 사려고 할머니의 지갑에서 카드와 핀코드를 몰래 꺼내서 택시를 타고 공항으로 갔다. 그런데 마침 그때 예브게니 올레고비치가 그녀에게 전화해서 스베타 아줌마의 장례를 피테르에서 치른다고 말해줬다.

나는 읽는 내내 어쩜 이리 끔찍한 일이 있을 수 있을까 생각했다. 인간에게 일어날 수 있는 가장 끔찍한 일이다. 이런 일을 어떻게 견딜 수 있지? 이런 일을 세상 사람들은 다 어떻게 견디는 거지?

모르겠다.

그 후로 베르카는 꽤 오랫동안 일기를 쓰지 않았다. 우리 집으로 이사오기 직전까지는. 그리고 일기가 다시 시작됐다.

싫다, 싫다, 다 싫다!

트무타라칸[1]으로 날 끌고 온 이유가 뭐지? 방 하나 내 줄 수도 없으면서! 집에 방이 네 개나 있잖아! 곳곳에 걸린 그림에, 소파에, 커튼에, 화병에, 카펫에…… 너무 촌스러워서 구역질이 난다! 이런 골동품 같은 집에 있으니 숨이 막힐 것 같다!

아빠가 이르쿠츠크의 그녀에게 아직도 가지 않은 게 놀랍다. 여기에 꿀이라도 발라 놨는지 벌써 삼 일이나 필리포브네 집에서 지내고 있다. 나한테 부

---

1) 러시아 크라스노다르 지역의 타만 반도에 있었던 고대 도시. 아주 깊고 깊은 산골이나 땅끝을 가리키며, 썩 좋지 않은 의미로 '트무타라칸'이라는 단어를 사용한다.

끄럽다고 했다. 사랑하는 딸에게 자신의 잘못을 낱낱이 빌자고 결심했나 보다. 아빠, 그러기엔 늦었어. 아빠가 거의 무릎으로 기다시피하며 잘못을 빌었다. 하느님은 아빠를 용서해도 나는 용서하지 않아!

류다 아줌마와 제냐 아저씨는 괜찮다. 좀 이상하긴 하지만 나쁜 사람들은 아니다. 초식 동물 같은 그들과는 아무 문제없다. 하지만 필리포크는 별도의 문제다. 솔직히 화가 난다기 보다 그냥 웃길 때가 많다. 예를 들어 얼마 전에 혼자서 디스코 머리 땋는 법을 사십 분이나 신나게 설명하더니 어릴 때처럼 서로 머리를 해주자고 했다. 멍청한 사람들을 두려워한다고 말했던 배우 화이나 라네프스카야가 된 기분이었다. 그녀는 바보들의 수준으로 떨어지지 않고서는 그들과 대화하는 게 불가능하다고 했다. 나도 비슷한 느낌이다. 나는 무지개를 먹고 나비를 똥으로 싸는 핑크 유니콘들의 세상에 있다.

아무튼 베르카의 일기에서 이 정도는 아무것도 아니다. 이 이상은 역겨워서 말하지 않겠다. 그녀의 일기장을 읽다가 토할 뻔했다. 특히 '필리포크'에 대한 부분이 그렇다. 1학년 때 그녀가 나를 필리포크라고 불렀던 게 생각난다. 베르카 외에는 나를 그렇게 부른 사람이 없다. 내 방에 사는 그 현명하고 의식있는 존재 외에는. 그녀에게 난 짚신벌레 같은 존재다. 훌륭해!
좋아, 어쨌든 볼코바에게서 별다른 걸 기대했던 건 아니니까. 한 가지, 이르쿠츠크에 대한 게 이해가 안 된다. '이르쿠츠크의 그녀'는 누구일까? 그리고 예브게니 올레고비치는 무엇 때문에 베르카에게 용서를 구했을까? 이상하다. 나는 베르카가 뭔가 더 설명해 주길 기대하며 계속 읽어나갔다.

그러다가 학교에 처음 간 날에 대한 이야기를 읽게 됐다.

작은 왕관

여러분은 여섯 번의 악수에 대해 들어봤는지? 안 들어봤다고? 지금 얘기해줄게. 지구상의 어떤 두 사람이든 다섯 단계의 지인으로 분리된다는 이론이 있다. 그러니까 모든 사람은 다섯 명의 친구 연결고리를 거치면 지구상의 그 어떤 사람과도 간접적으로 아는 사이가 된다는 뜻이다. 내가 이 이야기를 왜 하냐면…….

예브게니 올레고비치는 여러분이 이미 알고 있듯 매우 괴상한 사람이다. 완곡히 표현해서 그렇다. 그는 천재이고, 천재들에겐 모든 게 용서되는가보다. 하루는 그가 영국 여왕의 성탄절 환영식에 참석하게 됐다. 버킹엄 궁전에 초대된 것이다. 여왕의 환영식에선 모든 게 예정대로 정확하게 이루어지는데 이러한 점은 여러 나라의 대통령뿐 아니라 모두가 알고 있다. 이번 행사에도 대통령 몇 명이 참석했었던 것 같다. 예브게니 올레고비치도 다른 세계적인 음악가들과 자리를 함께 했다.

멋진 옷을 입은 유명 인사들이 대열에 맞춰 서서 여왕이 나오기만을 기다리고 있는 장면을 상상해 보시라. 드디어 여왕이 나오는데, 그녀는 아름다운 원피스를 입고 작은 왕관을 쓰고 힐이 있는 구두를 신었다. 엘리자베스 2세는 연로하지만 외모를 아름답게 단장하길 매우 좋아하고 나이에 비해 아주 건강해 보인다! 나의 이상형이다! 여왕은 손님 한 명 한 명에게 다가가 인사하며 악수를 하고, 상냥한 말과 미소를 교환하고, 고개를 끄덕이고는 그 다음 사람에게로 간다. 그 다음 사람이 누구일까? 드 보포르 공작? 예를 들어 그렇다고 하자. 안녕하세요, 공작! 만나뵈어 반갑습니다!

그리고 예브게니 올레고비치의 차례가 다가오고 있었다. 그는 여러 감정으로 충만해져 있었다. 대부분 긍정적인 감정이었다. 나 같으면 폭발할 정도로 가슴 벅찼을 것이다! 여왕이 예브게니 올레고비치와 악수하며 어떻게 지내냐고 물었는데 그는 '감사합니다, 잘 지냅니다!'라고 대답하는 대신 갑자기 서툰 영어로 다음과 같이 말했다.

"아주 좋습니다, 여왕 폐하! 그런데 우리가 서로 아는 사이라는 걸 아시나요?"

여왕은 눈썹을 치켜 올렸다.

"여섯 번의 악수 이론에 대해 들어보셨어요?" 예브게니 올레고비치가 천진하게 말을 이어갔다.

"아니오." 여왕은 살짝 당혹스러웠다.

마에스트로는 그 이론을 짤막하게 설명하고선 조금 불안한 듯 다음 말을 덧붙였다.

"얼마 전 대장항문과 의사인 게르첸 류드비그 마르코비치를 만났는데 그가 여왕님께 안부 전해 달라고 했어요. 그는 정말 최고의 전문가예요. 금 손가락을 가졌죠, 그렇지 않나요?"

막이 내렸고 박수는 없다.

이게 바로 예브게니 올레고비치다, 더도 아니고 덜도 아닌.

엘리자베스 여왕은 마에스트로에게 미소를 지으며 고개를 끄덕이고 다음 사람에게 갔다. 이게 바로 여왕의 매너다!

예브게니 올레고비치는 너무 긴장한 나머지 어쩌다 그렇게 됐다고 고백했다. 창의적인 인물, 즉 그에게서 자주 발생하는 일이다.

그런데 류드비그 마르코비치는 실제로 여왕을 상담한 적이 있다고 한다, 무려 80년대에. 그를 위해 영국에서 소련으로 특별기를 보냈었다고 한다.

하늘이 보이는 방

지난번 이야기를 잊지 않았는지? 학교에 작가가 왔었는데 과제장에 사인해 줬다는 이야기. 베르카가 그날 수업 빼먹은 걸 들키지 않으려고 그 사람 사인까지 흉내냈다고 내가 그랬었지…….

그런데 그게 가짜가 아니었다. 진짜 사인이었다!

베르카가 학교에서 나오는 작가를 (이름이 이고리 유리예비치라고 하자) 만난 것이다.

학교 맞은편 유치원 계단에 앉아 있던 베르카는 이고리 유리예비치가 학교에서 나오는 걸 보고 그에게 다가가 인사했다. 그 사람에게 무슨 말을 했는지는 일기장에 써 있지 않아서 모른다. 하지만 이후 두 사람은 하루 종일 함께 시간을 보냈다. 처음엔 거리를 걸으며 이야기하다가 베르카가 배가 고프다 해서 작가가 스웨터로 데려갔다고 한다.

상상이나 되는지? 난 어렴풋이 상상이 된다. 처음엔 베르카가 거짓말하는 거라고 생각했다. 그러니까, 지어낸 얘기를 일기장에 쓴 거라고 생각했다. 하지만 사실이었다.

그리고 가장 충격적이었던 건 베르카가 사랑에 빠졌다는 것이다! 그 사람의 나이를 정확히는 모르지만 30에서 35세 정도일 것 같다.

노인이다. 그래도 겉모습은 꽤 괜찮고 키도 크다. 관자놀이 윗부분 머리가 좀 벗겨지긴 했지만 코도 예쁘고 턱 라인도 멋지다.

베르카가 이고리 유리예비치를 굉장히 섬세하게 표현해서 난 적잖이 놀랐다. 그녀에게도 이렇게 디테일하고 로맨틱한 면이 있었다니. 지금까지 난 그녀를 평범한 아가씨가 아닌 뼛속까지 차가운 냉소주의자로만 생각했다. 편견의 눈으로 보고 있었던 거다. 그녀는 그 작가를 '예고르'라고 불렀다. 그리고 또, 웃지 마시라, 곰돌이라고 했다. 그래, 너무 웃기다. 생각해보니 정말 갈색 곰을 닮았다. 목소리도 아주 낮다.

예고르는 경청할 줄 아는 사람이다. 그가 맞은 편에 앉아 천천히 차를 마시며 나를 보는데 그 눈빛이 모든 걸 다 털어놓고 싶게 한다. 분명 나를 이해해 줄 거다. 느껴진다. 예고르는 내 안에 있는 것들을 다 이해하고 받아준다. 절대 서두르는 법이 없고, 지금 여기에 함께 있다. 이토록 하나가 되는 느낌은 다른 누구에게서도 받은 적이 없다. 어릴 적에 내가 그의 책을 읽었다는 것도, 우연이긴 하나 재밌다. 책을 읽고 나서 이 책을 쓴 사람과 만나보고 싶다는 생각을 했던 것도 기억이 난다! 그런데 지금 마주 앉아 대화를 나누고 있다니 기적이다. 세상엔 정말 기적이란 게 있다. 행복도 있다.

행복은 자신이 살아있음을 마음 깊이 기뻐하는 것이다. 행복은 인간이 자신의 삶을 재미있게, 유쾌하게, 뜻깊게 살아낼 수 있는 유일한 정상적인 상태다. 예고르가 그렇게 말했다, 아니 『하늘이 보이는 방』에 그렇게 썼다. 내 인생 통틀어 이보다 멋진 말이 없다.

15장. 올빼미 두 마리

3층으로 올라가자 그들이 보였다. 창가에 서서 슈샤의 새 아이폰을 셀카봉에 달고는 길이길이 남을 셀카를 찍고 있었다. 둘이 똑같은 회색 치마를 입고 똑같은 긴 흰색 양말을 신었다. 마샤와 슈샤는 헤어스타일도 똑같았는데 뭔가 좀 복잡하게 땋은 머리이다. 둘이 슈샤의 엄마가 하는 헤어 살롱에 다녀온 게 분명하다. 나도 전에 한 번 간 적이 있는데 슈샤 엄마가 머리를 굉장히 예쁘게 땋아줬다. 우리는 그날 '오르만도'에서 하루 종일 환상적인 시간을 보냈다! 마사지, 페디큐어, 매니큐어 서비스를 받았고 작은 디저트 트레이에 샌드위치와 홍차도 주셨다. 그 다음엔 수영장이 있는 사우나에 갔다. 사랑하는 친구들과 멋진 곳에서 하루를 보낸 내 인생 최고의 날이었다!

계단 옆에 서있던 나는 갑자기 너무 외로워졌다. 카메라를 보며 얼굴이 예쁘게 나오도록 이리저리 움직이는 친구들을 바라보다 문득 깨달았다. 끝이구나. 우린 이제 남이나 마찬가지야.

마샤, 슈샤 그리고 나.

우린 4학년부터 꼭 붙어 다녔다. 쟤들은 내가 그립지 않나? 그럴 거라 바랐고 그렇다고 생각했었다. 하지만 학교 복도에 서 있는 지금 확실히 깨달았다. 난 더 이상 그들에게 필요치 않다.

"잠깐만, 인스타그램에 좀 올리고. 됐다!"

"슈샤, 너 토요일에 진짜 스웨터 안 올 거야? 그래도 보랴 생일인데."

"노력해볼게. 그날 아흐마드랑 사진전에 가기로 했어. 아흐마드 작품도 두 점 걸리는데 딱 여섯 시에 오픈이거든. 아무튼 거기 갔다가 스웨터로 바로 갈게."

애들이 큰 소리로 얘기해서 나한테까지 다 들렸다. 단어 하나 하나.

흠, 요즘엔 그런 일들이 있단 말이지. 아흐마드, 보랴의 생일. 내가 많이 뒤쳐져 있군.

나는 헛기침을 하고 교실로 향했다. 아는 척도 하지 않고 힘차게 행진했다. 애들 쪽은 쳐다보지 않았는데 사실은 날 보고 고개라도 끄덕이며 인사할지 안 할지 궁금해서 돌아보고 싶었다.

책상으로 와서 베르카 옆에 앉았다. 그녀는 이어폰을 끼고 여기가 아닌 어딘가 다른 곳에 있는 듯했다. 늘 그랬다. 몰레스킨 노트에 뭔가를 긁적이고 있다.

베르카의 일기장을 읽은 날로부터 거의 일주일이 지났다. 그때가 지난 금요일이었고 오늘은 목요일이다. 처음엔 나도 다 알고 있다고 베르카에게 말하려고 했다. 필리포크, 초식 동물 등등에 대해서. 베르카의 일기장을 학교에 가져올까 잠깐 생각했지만 그건 당연히 지나치게 멍청한 생각이다. 단지 나에 대한 그런 글들을 읽다보니 열 받아서 그런 생각까지 들었다는 거다. 여러분도 내 마음을 이해할 거다. 아무튼 내가 3학년도 아니고, 학교엔 아무것도 안 가져왔다. 그런 짓은 아홉 살 때나 하는 거니까.

나의 복수는 훨씬 더 예리하고 치밀할 것이다.

나는 팔꿈치로 베르카의 옆구리를 찔렀다.

"베르카!"

베르카가 움찔 놀라며 고개를 돌렸다. 우린 학교에서 거의 말을 하지 않는다. 올빼미 두 마리처럼 그냥 같은 책상에 앉아 입을 다물고 있다.

"왜?" 베르카가 이어폰을 빼고 왕이 개구리를 보듯 나를 쳐다본다.

"오늘 뭐 할거야?" 내가 물었다.

"뭐 그냥. 왜?"

"카페 갈래? 카푸치노 되게 잘 하는 곳이 있어, 분위기도 좋고. 거기 가자."

"뭐야, 데이트 신청이야?" 그녀는 특유의 뻔뻔한 미소를 지으며 내 눈을 똑바로 바라봤다.

대답 대신 나는 속 좋게 웃어주었다. 참 웃긴 농담이야, 베르카.

"그래, 가자." 그녀가 어깨를 으쓱하며 말했다. "어차피 할 일도 없었어."

이때 마침 마샤와 슈샤가 교실로 들어왔다. 그들은 무슨 음모라도 꾸미는 듯 웃으면서 귓속말을 했다. 보기만 해도 역겹다.

"좋아!" 반 애들에게 다 들릴 정도로 크게 말했다. "그럼 수업 끝나면 바로 가는 거다, 알았지?" 나는 베르카를 향해 서른 두 개의 이가 다 보일 정도로 활짝 미소 지었다. 스스로 생각해도 정신 나간 망아지 같았다.

아이들의 발걸음이 느려지더니 놀라서 우리를 쳐다봤다. 나와 베르카 사이에 이렇게 따뜻하고 친근한 분위기는 전혀 예상치 못했을 거다. 마샤를 보자 그녀는 얼른 시선을 피했다. 나는 가짜 미소를 지으며 베르카의 몰레스킨 노트 쪽으로 몸을 기울였다.

"와, 너 되게 잘 그린다! 진짜 닮았는데?"

"누굴?" 베르카가 재빨리 노트를 닫으며 물었다.

"이거 그 사람이잖아. 그 작가 맞지? 딱 보니까 알겠네. 되게 잘 그렸다!"

반점

우리는 민소매 티와 팬티만 입은 채 고무 매트 위에서 덜덜 떨고 있다. 진찰실이 추운데 의사 선생님은 엘로나 다비도바의 심장 소리를 오랫동안 듣고 있다. 엘로나는 크니까 심장도 아마 클거야. 그래서 오래 걸리나 보다. 내 차례는 베르카 바로 다음으로 네 번째다. 난 원래 의사를 무서워하지 않지만 이 사람은 왠지 무섭다. 주름진 빨간 얼굴이 싫다. 그는 엄마가 읽어주는 책에 나오는 토마토 선생을 닮았다. 이 사람이 내 몸속에서 일어나는 소리를 듣는 게 싫다. 토할 것 같다고 핑계 대고 집에 간다 할까?

하지만 난 줄을 서서 내 차례가 되길 기다렸다. 나는 말을 잘 듣는 애니까. 그런데 손이 얼음처럼 차갑다.

"이름이 뭐예요?" 콧수염난 토마토 선생이 웃으며 물었다.

"볼코바 베로니카요." 베르카가 큰 소리로 대답했다.

"베로니카, 아주 활달한 애구나. 이쪽을 봐. 그렇지. 이젠 이쪽으로. 잘했어!"

토마토 선생이 망치를 들고 베르카의 머리 주위를 맴돌았다. 이제 저걸로 코를 툭툭 치려나보다. 어, 아니다. 그가 베르카의 무릎을 치자 다리가 불쑥 올라왔다.

"아주 좋아요!" 토마토 선생이 기뻐했다. "그럼 이제 소리를 들어볼까? 일어나서 옷을 올리세요."

베르카가 티를 걷어 올렸는데 얼룩이 보였다. 아주 거대한 검붉은 얼룩이 베르카의 등을 뒤덮고 있었다. 나는 처음엔 그게 뭔지 몰랐다. 너무 무서웠다. 아까 무릎을 때려서 생겼나 봐! 그래서 베르카가 아파서 등에 저렇게 얼룩이 생긴 거야. 이제 곧 죽을지도 몰라, 어떡하지?

나는 충격에 사로잡혀서 입도 뻥긋 못하고 그 무시무시한 얼룩을 뚫어져라 보고만 있었다.

"이제 뒤돌아보세요." 의사가 말했다.

베르카가 내 쪽으로 몸을 돌렸다. 토마토 선생은 차분하게 청진기를 베르카의 등에 댔다. 눈이 멀었나? 저게 안 보이나?

저녁에 침대에 누워 이 무서운 얘기를 엄마한테 다 해줬다.

"율랴, 그건 반점이야. 그런 게 있는 사람들도 있어."

"진짜?" 나는 그래도 의심이 됐다. 반점에 대해 한 번도 들어본 적이 없었다.

"그냥 큰 점이라고 생각하면 돼, 네 손에도 있잖아. 네 점은 아주 작지만." 엄마는 내 손바닥에 입을 맞췄다.

"알았어, 엄마. 『치폴리노의 모험』 읽어줄 거지?"

엄마만이 나를 안심시킬 방법을 알고 있다. 사랑하는 엄마!

내 비장을 걸고 맹세해

우리는 밀크셰이크와 치즈 케이크를 주문하고 창가 쪽 자리에 앉았다. 스웨터는 언제나 아늑하다! 가만히 앉아서 커피 향을 들이마시고, 조용히 이야기 나누는 사람들의 목소리를 들으며 창밖을 본다. 비가 내리면 더욱 좋다. 빗방울이 유리창을 따라 천천히 흘러내리고 색색의 우산을 쓴 사람들이 젖은 길가를 따라 발걸음을 재촉한다. 누구는 이쪽으로, 누구는 저쪽으로. 사람들이 이렇게 서두르는 모습을 보고 있으면 왠지 기분이 좋아진다. 유리창 안이 아니라 우주의 중심, 우주의 배꼽 속에 있는 것 같은 기분이다. 사람들이 모두 내 주변을 맴돌고 있고 이 세상에 나 혼자가 아니라는 느낌! 사실 혼자 왔거나 아니면 그보다 더 안 좋은 경우, 베르카 같은 사람과 같이 온 경우에라도 말이다!

베르카는 내 우주에 속한 사람은 분명 아니다.

"피테르에도 여기랑 비슷한 곳이 있어. 엄마랑 거기에 자주 가. 아니, 갔었지."

나는 고개를 끄덕이고 빨대로 달콤한 우유를 빨아올렸다.

"한번은 거기서 이것저것 주문을 많이 했는데 엄마가 지갑을 열어보니 돈이 없는 거야. 어땠겠어?"

상상이 되다말다. 마에스트로 가족들에겐 흔한 일이다.

"엄마가 안절부절못하면서 말했어. '영수증 벌써 끊으셨죠? 아, 정말 죄송한데 돈을 다른 곳에 빼놓고 왔네요.' 내가 엄마한테 그냥 가자고 하니까 바리스타가 '베푸는 전통, 맡겨둔 커피라는 서비스가 있는데 그걸 이용하세요' 라고 하는 거야."

"응? 그게 무슨 전통이야?"

"누군가가 미리 커피 값을 계산하는 거야. 그럼 다른 사람이 와서, 예를 들면 돈이 없는 가난한 사람이나 노숙인이 커피가 먹고 싶으면 그 미리 계산된 커피를 마시는 거야. 아빠가 얘기해줬는데 오스트리아에서는 슈퍼마켓에서도 이런 걸 한대."

"그렇구나. 되게 좋다."

"정말 좋은 아이디어야. 이유도 없이 그냥 서로를 도와주는 거잖아. 고맙다는 말을 들으려고 하는 것도 아니고, 차이가 뭔지 알겠지?"

난 고개를 끄덕였다.

"근데 나는 그런 상황이 창피했어. 엄마도 같이 있었고 우리가 노숙인은 아니잖아?"

베르카는 한동안 말이 없었다. 뭔가 자기만의 생각을 하는 것 같았다. 나는 나대로 생각에 잠겼다. 그러다 내가 먼저 말을 꺼냈다.

"나는 여기 와서 책 읽는 걸 좋아해. 마침 오늘 왔으니까 재밌는 책이나 읽어야겠다."

"어떤 거?"

나는 가방에서 『하늘이 보이는 방』을 꺼냈다. 수업 후에 학교 도서관에서 빌린 거다. 그 작가가 학교를 방문한 뒤로 도서관은 그의 책 몇 가지를 재빨리 구입해서 비치해 두었다. 그만큼 그는 모두에게 좋은 인상을 남긴 것이다.

"이거 읽어봤어? 난 이제 시작했어."

베르카의 얼굴이 순식간에 굳어졌다. 어떤 생각이 들었을까? 나는 베르카가 무슨 행동을 할지 예상이 안 됐다. 책을 빼앗아 달아날까? 아니면 책으로 내 머리를 후려칠까? 베로니카 볼코바라면 둘 다 가능한 일이다.

"작가님 왔을 때 너도 있었으면 좋았을텐데 아깝다. 되게 좋은 사람이었어." 아무것도 모르는 것처럼 나는 태연하게 말을 이어갔다. "외모도 꽤 괜찮더라. 어떤 배우를 닮은 것 같은데⋯⋯."

"나도 알아!" 베르카가 갑자기 내 말을 끊었다.

"안다니?" 나는 깜짝 놀란 표정을 지었다.

"나도 그 예⋯⋯ 이고리 유리예비치 작가 안다고." 베르카가 숟가락을 들어 신경질적으로 치즈 케이크를 조각내기 시작했다. "그 분이 학교에 왔던 날에 만났었어."

"진짜? 어떻게?" 내가 호기심 가득하게 물었다.

그러자 베르카는 내가 그녀의 일기장에서 읽었던 것들을 다 이야기하기 시작했다. 학교에서 나오는 그에게 어떻게 다가갔는지, 사인을 부탁한 얘기, 왜 수업에 빠졌냐고 물어봐서 엄마가 돌아가셨다고 한 것. 그 말을 왜 했는지 모르겠지만 아무튼 그러고 나서 펑펑 울었는데 작가가 잠깐 손을 잡고 위로해 준 것, 그리고 "내가 집에 데려다 줄게. 여기 있다가는 꽁꽁 얼어버리겠다"고 말했다는 것.

"근데 집에 가기에는, 그러니까 너희 집에 가기에는 이른 시간이었어. 그날 류다 아줌마 일 안 하는 날이었잖아. 그래서 열

쇠가 없다고 하고 여기로 왔어."

"그 다음엔?"

"그 다음엔 아빠에 대해 얘기해줬어, 엄마 얘기도 하고. 어릴 적에 마트에서 엄마가 날 잃어버린 적이 있었는데 이제는 내가 엄마를 잃어버렸다고 했지. 아무튼 인생에 대해 얘기했어. 그 분이 잘 들어줘서 그런지 말하는 게 편했어. 그냥 무심히 앉아 있는 게 아니라 굉장히 주의 깊게 들어주더라. 진짜로 재미있는 이야기를 듣는 것처럼, 다른 사람의 인생엔 어떤 일이 일어나고 있는지 궁금해하면서."

"작가들은 모든 걸 흥미롭게 여기잖아." 내가 말했다. "몰랐어? 그 사람들은 일부러 다양한 사람들이랑 만나면서 이야기 듣고 수집해. 그래서 그걸로 책도 쓰고. 손가락만 빨고 있으면 좋은 이야깃거리가 나오질 않으니까."

"네가 어떻게 알아?" 베르카가 날카롭게 물었다.

나는 갑자기 눈치가 보여서 얼른 대답했다.

"당연히 모르지. 그냥 그럴 것 같다는 거야."

"아니야, 예고르는 좀 달라."

베르카가 다시 생각에 잠겼다.

"다른 사람한테 말 안 할 거지? 친구들한테, 특히 슈샤한테는 절대 말하지 마."

"일단 걔들은 더 이상 내 친구가 아니야. 근데 말하고 말고 할 게 뭐가 있어?"

"아무한테도 말 안 하겠다고 비장을 걸고 맹세해."

우리는 어릴 적에 뮌하우젠 남작처럼 이렇게 말하곤 했다. '내 비장을 걸고 맹세해!' 뮌하우젠 남작은 비장이 아니라 삼각 모를 걸고 맹세했지만.

"내 비장을 걸고 맹세해."

"나, 예고르랑 특별한 사이야."

"뭐? 하지만 그 사람은…… 몇 살인데?"

일기장을 보면서 베르카가 그에게 특별한 감정을 느낀다는 건 예상했지만, 특별한 사이라니…….

"나이가 무슨 상관이야? 우린 마음이 너무 잘 맞아."

"그러니까 둘이 만나고 있는 거야?"

"아니, 아직은. 그 사람은…… 음, 아무튼 조금 복잡해. 나도 작가가 되고 싶다고 했거든. 그래서 그 사람이 도와주기로 했어."

"그렇구나."

나는 조금 안심이 됐다. 베르카는 정말 미쳤다. 그 작가도 베르카를 집에 데려다 주겠다고 나섰던 걸 후회할 지도 모른다.

더 이상 그녀의 얘기를 듣고 싶지 않았다. 일기장만으로도 충분하다. 나는 책을 펼쳤다.

"이 부분이 맘에 들더라. 들어 봐! '나는 엘리스 덕분에 가장 단순한 사실 하나를 깨달았다. 우리가 맞서 싸우기에 그것은 더욱 강해지고, 우리가 저항하기에 그것은 우리의 뒤를 쫓는다. 마음의 고통을 다루는 또 다른 방법은 그것과 평화를 맺고, 의식의 조화라는 다른 상태에서 그것을 마주하는 것이다. 안정으로 대하는 것이다. 맞서 싸우지 않는 것이다. 하지만 산다는 것은……' 되게 좋지?"

"그 사람이 진짜 그런 사람이야. 글이 숨을 쉬는 것 같아. 다 맞는 말이야." 베르카가 책을 보며 고개를 끄덕였다.

그리고 내가 마침내 물었다.

"나도 작가님이랑 소개시켜 줄래?"

16장. 낯익은 스카이프 연결음

"잠깐만! 얼른 입술만 바를게." 옐레나 세르게예브나가 말했다.

"너무 걱정하지 마세요, 다 잘 될 거예요."

료바는 노트북 앞에 앉았고 나는 옆에 서 있었는데 솔직히 나도 좀 불안했다.

그래도 40년 가까이 만나지 못 한 건데! 서로를 알아볼지 너무 궁금하다.

료바는 천재라는 걸 내가 말했던가? 그는 옐레나 세르게예브나의 이야기를 듣고 하루 만에 니콜라이 바실례프를 찾아냈다. 그렇게 쉽게 찾은 건 아니고 하루 종일 붙잡고 있었다. 토요일 내내 스마트폰을 들여다보며 우리가 찾고 있는 니콜라이 이바노비치 바실례프와 조금이라도 닮은 듯한 사람들에게 전부 메시지를 보냈다.

그리고 마침내 프랑스 사람들이 '부알라!¹⁾하고 외치듯 그를 찾아냈다. 아직도 실감이 안 나지만 정말로 그가 나타났다! 나타난 것뿐 아니라 료바를 알게 된 걸 무척 기뻐하면서 어서 빨리 옐레나 세르게예브나와 통화를 하게 해달라고 했다! 료바는 자신은 옐레나 세르게예브나의 손자가 아니며 (니콜라이 바실례프는 그가 당연히 그녀의 손자일 거라고 생각했다) 단지 아는 사람일 뿐이라고 뿌듯하게 말했다. 그리고 다음 주에 그녀의 집에 가서 연결해 드리겠다고 약속했다고 한다.

하지만 니콜라이 이바노비치는 일주일이나 기다릴 수 없다고 재촉했다. 그래서 지금 와 있는 것이다. 네 시 반에 솔페지오 수업이 있음에도 불구하고.

옐레나 세르게예브나는 그에 비하면 훨씬 오랜 시간을 아무렇지 않게 기다렸다.

아무튼, 그녀는 오늘 레이스 칼라에 진주가 달린 실크 원피

---

1) 프랑스어로 '여기 있다!' 라는 뜻.

스를 입었는데 아주 예쁘게 잘 어울렸다.

"난 준비 다 됐다." 옐레나 세르게예브나가 크게 한 번 숨을 내쉬고 가발을 매만지며 말했다.

"전화할까요?" 료바가 할머니에게 노트북 자리를 비켜주며 물었다.

"잠깐만!" 할머니가 어디론가 급히 가더니 살짝 독한 향에 휩싸여 돌아왔다. 어디선가 맡아 본 향이다.

나는 간신히 웃음을 참았다. 마치 오늘이 첫 데이트인 것 같은 기분이다. 저쪽 프로방스에 있다는 그 사람은 설레는 마음이 조금이라도 있을까? 난 왠지 니콜라이 바실례프라는 사람이 좋게 느껴지지 않는다.

"그럼, 전화 걸게요. 약속 시간에 벌써 십오 분이나 늦었어요." 료바가 말했다.

"잘 됐네." 내가 덧붙였다. "원래 레이디는 조금 늦는 거잖아."

얼마나 포근한 분위기인지 상상해보시라. 그리고 사실 료바는 시간을 그리 철저히 지키는 사람이 아니다.

낯익은 스카이프 연결음이 들리고, 화면에는 아름다운 성의 그림이 떠 있다. 이게 유산으로 받았다는 그 성일까?

한 번.

또 한 번.

세 번.

여섯 번.

우리는 연결음이 꽤 오래 울릴 때까지 기다렸지만 아무도 받지 않았다.

아, 훌륭해! 이 프랑스 사람 때문에 음악 학교도 빠졌는데.

"안 받네요, 이상하다." 료바가 중얼거렸다.

스물다섯 번째 신호음이 울리자 료바는 연결을 끊었다 (나는 조급함을 가라앉히기 위해 속으로 수를 세고 있었다).

옐레나 세르게예브나가 당혹스럽게 료바를 바라봤다. 그녀의 표정이 마치 생선 한 토막 주겠다고 해놓고 다른 일 하느라 잊어버렸을 때 보게 되는 페니모르 쿠페르 같다.

니콜라이 바실례프도 뭔가 다른 일을 하다가 우리의 약속을 잊은 모양이다. 자기가 먼저 약속 시간을 정했으면서. 아마, 크리스탈 샹들리에를 새로 들여와서 천장에 달아야 하거나, 아니면⋯⋯.

속상한 마음에 상상의 나래를 펼치기 시작했는데 노트북에서 벨 소리가 요란하게 울렸다.

"그 사람이야!" 옐레나 세르게예브나가 비명을 지르며 카메라 모양의 초록색 버튼을 눌렀다.

나와 료바는 화면에 나오지 않도록 양쪽으로 폴짝 뛰었다. 창이 열리더니 처음엔 까만 바탕에 흰색 동그라미만 돌아갔다.

잠시 후 니콜라이 바실례프가 나타났고 나는 순간 바보처럼 멍해졌다.

확실하진 않지만 우리는 그때 피테르에 갔었다. 아마 예브게니 올레고비치의 초연이었을 거다. 내 인생 통틀어 가장 좋았던 여행이었다. 정말이다. 일단 여름이었고, 백야를 경험할 수 있었다! 그리고 페테르고프에 위치한 오래된 별장을 빌렸는데 베르카와 나는 아침부터 저녁까지 자전거를 타고 미친듯이 주변을 돌아다녔다. 소나무 숲을 따라 넓은 모랫길이 나 있었다. 자전거를 타면 따뜻한 바람이 얼굴을 스쳤고, 과자를 굽는 듯한 향긋한 냄새가 사방에서 풍겨왔다. 자전거를 타다가 강가에 이르면 자전거는 던져두고 물속으로 뛰어들었다. 우리는 민소매 티와 반바지를 입은 채 물놀이를 했고, 날은 정말 더웠다.

모든 게 좋았다. 하지만 누군가 우리를 초대해서 다시 페테르부르크로 돌아오게 되었다. 나는 한 번도 이름을 들어본 적 없지만 아주 유명하다는 피아니스트가 우리를 자신의 집으로 초대한 것이다. 그는 매우 오래된, 하지만 정말 예쁜 아파트의 마지막 층에 살고 있었다. 엘리베이터가 없어서 꼭대기 층까지 걸어 올라가야 했다.

그 집은 대가족이었고 아내와 아이들 모두 음악적으로 탁월한 사람들이었다. 나는 그저 평범해 보이고 잘 웃는 그 사람들이 마음에 들었다. 가장 좋았던 건 그들이 사는 공간이었다. 도시의 흔한 아파트는 절대 아니고, 연립 주택이라고 하기에도 애매하다. 복층 구조였는데 다락방을 개조하면서 불필요한 천장을 없애고 콘서트 홀처럼 꾸몄다! 집으로 들어가면 바로 그랜드 피아노가 눈에 띈다. 화이트 피아노와 블랙 피아노가 각각 아래층과 위층에 자리하고 있었다. 또 벽 대신 데코 파티션을 설치해서 공간이 더욱 넓어 보였고, 작은 다리로 방들이 연결돼 있었다. 베네치아가 이런 느낌이지 않을까?

저녁 식사 후 어른들은 음악을 연주하기 시작했고, 우리는 위층에 있는 방으로 올라갔다. 베르카가 모노폴리 보드게임을 하자고 했다. 그 방의 창은 페테르부르크의 강변 쪽으로 나 있었다. 커튼을 젖히니 순양함 오로라호[1]가 한눈에 들어왔다. 그 순양함을 왜 그리 좋아했는지 모르겠다. 아마 '오로라'라는 이

---

1) 러시아 혁명사에서 중요한 의미를 지닌 군함으로 1917년 10월 혁명(또는 볼셰비키 혁명)의 시작을 알리는 신호탄을 황궁을 향해 발포했다.

름 때문이었을까? 이름을 가만히 불러보면 아름다움이 느껴진다! 교과서에서 순양함 오로라호에 관한 이야기를 읽었었는데 이 순양함이야말로 진정한 영웅이라는 생각이 들었다. 사람들보다 훨씬 더 돋보이는, 말은 없지만 지혜로운, 겸손한 영웅…….

나는 그 후로도 페테르부르크의 백야를 배경으로 한 그 오로라를 종종 떠올리곤 했다. 지금도 잊을 수 없는 장면이다. 한 번은 아빠가 견학을 가보라고 했는데 거절했다. 그냥 옆에서, 아니 좀 멀리 떨어져서 그 영웅을 바라보며 감탄하고 싶었다. 왜 그런 생각이 들었는지 모르겠다.

남신(男神)

화면 속에서 남신이 우리를 향해 미소 지었다. 고급 향수 광고에 등장하는 그런 사람을 떠올리시라! 화려한 결혼식장에서 남의 신부를 데리고 달아나거나 오토바이를 타고 여인을 데리러 오는 주인공. 헬멧을 벗더니 아련한 표정을 지으며 뭔가 프랑스어로 말한다. 이를테면 "성 마르코 광장에 스카프를 떨어뜨리셨어요, 마드무아젤[1]" 같은. 그 다음엔 부드러운 미소로 스카프의 향기를 맡고는 기뻐하는 마드무아젤을 오토바이에 태우고 붉게 물든 노을 속으로 사라진다.

바로 이런 젊은 청년이 스카이프의 화면에 나타났다. 그가 입은 셔츠마저도 광고에 나오는 듯한 스타일이다. 풀어헤쳐진 흰 셔츠에 나비넥타이. 넥타이도 풀려 있다. 게다가 이 남신은 건초 더미처럼 풍성한 새카만 곱슬머리에 (코스차 P의 머리칼처럼!) 새하얀 미소를 가졌다! 진부한 표현을 써서 미안하지만 사실이니 어쩔 수 없다.

"푸르-무무르-부르-푸르-불레?" 화면 속에서 청년이 뭐라고 물어보는 것 같았다.

"아, 무슨 말인지 하나도 모르겠어요. 누구세요?" 옐레나 세르게예브나가 당황해서 말했다.

료바도 적잖이 놀란 것 같다. 그는 가만히 옆에 서서 어떻게 해야 할지 생각했다.

"안녕하세요!" 옐레나 세르게예브나가 큰 소리로 말했다. "니콜라이 이바노비치와 얘기하고 싶은데요."

---

1) 프랑스어로 '아가씨'를 뜻하는 말.

그녀는 크게 말하면 그 프랑스인이 좀 더 이해를 잘 할 거라고 생각했는지 거의 소리를 지르다시피 큰 소리로 말했다.

"푸르-푸르-푸르 니콜라이? 무르-무르-무르!" 프랑스 남신이 반가워했다.

"이 사람이 뭐라고 하는 거니? 못 알아 듣겠어." 옐레나 세르게예브나가 속상해했다.

"아마 친척인 것 같아요." 료바가 말했다.

"당신은 러시아어로 말하십니까?" 갑자기 저쪽에서 남신의 소리가 들렸고, 나는 그 순간 사랑에 빠졌다.

"네, 네! 당신은 니콜라이 이바노비치의 아들인가요? 그를 많이 닮았어요!" 옐레나 세르게예브나가 기뻐했다.

청년은 고개를 뒤로 젖히고 큰 소리로 하하하 웃었다. 오, 맙소사!

"아닙니다." 한바탕 웃더니 그가 대답했다. "나는 니콜라이 손자입니다. 내 이름 올리비예!"

"소-온-자?" 옐레나 세르게예브나가 놀라며 되물었다. "벌써 다 컸네. 아유, 세월이 이렇게 빨라!"

올리비예는 다시 웃음이 터졌다. 근데 나는 화장도 안 하고 옐레나 세르게예브나의 집에 오다니.

"니콜라이가 지금 옵니다. 그는 여기…… 멀지 않습니다. 니콜라이! 익스큐즈-무아!" 그는 실례한다는 말과 함께 시야에서 사라졌다.

"좀 특이한 타입이네." 료바가 눈을 찡그리며 말했다.

"누가? 니콜라이 이바노비치?"

"아니, 그 샐러드[1] 말야."

네 마음은 잘 알겠어, 료바. 그가 질투하는 걸 보면 난 기분이 좋아진다. 내가 올리비예를 뚫어져라 쳐다본 걸 료바가 눈치챈 거다.

우리는 계속해서 목을 길게 빼고 화면을 들여다봤다. 아름다운 풍경이 보였다. 아직 아침인 듯하고 바닥까지 이어진, 활짝 열린 창문으로 꾀꼬리 울음소리가 들려왔다. 꾀꼬리 소리가 아주 선명하게 들렸다. 벽에는 무슨 명문 귀족 그림이 걸려 있는데 그것도 매우 맘에 들었다. 정확히 말하자면 그림이 아니라 액자가. 금색 액자에 윗부분에 천사가 조각되어 있어서 아주 예뻤다!

드디어 우리의 니콜라이 이바노비치가 나타났다. 그는 체육시간에 오래달리기를 한 학생처럼 빨개진 얼굴로 땀범벅이 되

---

1) 니콜라이 할아버지의 손자 '올리비예'의 이름이 러시아 사람들이 즐겨 먹는 샐러드의 이름과 같아서 나온 말이다.

어 가쁘게 숨을 몰아쉬었다. 짧은 은빛 머리, 새하얀 턱수염, 주름졌지만 잘생긴 얼굴.

"레나!" 니콜라이 이바노비치가 말했다. "정말 미안해. 내가 좀 늦었어. 길이 꽉 막혀서 사십 분이나 꼼짝 못하고 있다가 안 되겠어서 차를 길가에 세워 두고 달려왔어."

그러니까 진짜 달려온 거구나. 이 사람에게 가졌던 반감이 순식간에 사라졌다.

"잘 있었어, 니콜라이?" 옐레나 세르게예브나가 조용히 물었다. 그리고 이내 울음을 터뜨렸다. "이게 도대체 얼마만이야, 근데 당신은 하나도 안 변했어."

"레나, 세상에 당신도…… 여전히 정말 예뻐. 당신도 정말……."

니콜라이 이바노비치도 곧 울어버릴 것 같은 예감이 들었다. 나는 료바의 소매를 당기며 부엌으로 가자고 했다. 료바도 눈치를 챘고 우리는 방에서 나왔다. 나는 레인지에 주전자를 올렸다.

두 분 차분히 대화 나누시길……. 서로에게 할 말이 참 많겠지.

의례적인 과장법

저녁 늦게 집에 돌아온 나는 또 하나의, 거의 드라마 급의 화
상 통화를 엿들은 증인이 되었다. 이번엔 아빠와 예브게니 올
레고비치가 주인공이다. 피아노가 있는 방문 너머로 모든 걸
다 들었다. 참 훌륭하셔들!

"정말 부럽습니다!" 아빠가 아이폰을 들여다보며 감격스레
외쳤다. "피렌체라니! 광장에, 궁전에, 다비드 상도 볼 수 있
고."

"제냐, 그런 말 말아요. 다비드 상은 무슨! 립니코프 때문에
두번째 리허설도 망쳤어요. 자기가 죽을병에 걸렸다면서……."

이러쿵저러쿵.

이 얘기가 나랑 관련 있는 것도 아니고, 누군가에 대한 험담
을 좋아하지도 않으니까 자세한 말 대신 그냥 '이러쿵저러쿵'이
라고 해 두자.

아빠는 이해한다는 듯이 고개를 끄덕이며 주기적으로 다음
과 같이 소리쳤다.

– 맞습니다, 예브게니 올레고비치. 난장판이네요!

– 안타깝네요. 진짜 안타깝다는 말 밖에 안 나옵니다.

– 아하하하. 믿기 어려운 일이네요. 정말 그랬다고요?

– 상상도 못 할 일이네요. 진짜로 마리스 얀손스가 직접이요?

- 세상엔 그래도, 예브게니 올레고비치, 당신처럼 좋은 사람들이 있잖아요. 정말 친절하시군요!

뭐 계속 이런 식이었다. 나는 지루해져서 그만 자러 가려 했는데 갑자기 아빠가 다른 말을 꺼냈다.

"예브게니 올레고비치, 바쁘셔서 이런 일까지 신경쓰시긴 어렵겠지만…… 사실 한 가지 의논드릴 게 있어요."

"뭔데요?" 마에스트로가 곧바로 집중하며 물었다. "베로니카는 잘 지내고 있겠죠?"

"그럼요, 베르카는 정말 잘 하고 있어요. 아무 문제도 없구요."

흠, 아빠가 지나치게 과장하는 게 틀림없다. 아니, 지나치게 축소한다.

"그렇게 말하시니 안심이 되네요. 그럼 무슨 말을 하려는 건지?"

아빠는 쉽게 말을 꺼내지 못하고 꾸물거렸다. 유리문 너머로 아빠의 불편한 기색이 보였다.

"예브게니 올레고비치 어떻게 말씀드려야 할지 모르겠지만……."

"그냥 얘기해요. 꾸물대지 말고!"

"저희가 베르카한테 뭘 좀 사 줬어요. 외투랑 신발, 핸드폰도 율랴랑 똑같은 걸 갖고 싶다고 해서 사줬고요. 이 정도는 저희도 부담없이 흔쾌히 해줬어요. 베르카도 아주 좋아했고, 감사하다는 말도 했고요."

흠, 또 나온다, 아빠의 저 의례적인 과장법.

하지만 반대편 스카이프는 쥐 죽은 듯 조용하다.

"그런데 이번엔," 아빠가 서둘러 말을 이어갔다. "5월 말에 학교에서 2박 3일로 노보시비르스크에 간대요. 아카뎀고로도크[1]도 견학하고, 오페라 극장이랑 동물원도 가고……."

"아, 그래요?" 예브게니 올레고비치가 가만히 헛기침을 하며 말했다.

"비용이 적지 않게 드는데 애들은 굉장히 가고 싶어하는 것 같고……."

"제냐, 말 좀 그만 돌리고, 그래서 뭐가 문젠데요?"

아빠도 헛기침을 한다.

"그러니까 예브게니 올레고비치, 학교에 여행 경비를 내야돼요. 저희도 당연히 힘 닿는 만큼 베르카를 돌보겠지만……."

---

1) 노보시비르스크 남쪽에 위치한 대규모 과학 연구 단지로 수십 개의 연구 기관과 학교가 모여 있다.

"제냐, 알겠어요! 그만 말해도 돼요! 베로니카 일은 제가 돕는다고 약속했잖아요?"

"네, 그러셨죠."

"그러니까 도울게요. 다음 달에 송금할게요. 여행 경비가 얼마예요?"

"숙소랑 식사랑 다 해서 1만 루블이요." 아빠는 뭔가 잘못한 사람처럼 우물우물 말했다.

"알았어요, 1만 루블 보낼게요. 제냐, 미안한데 이만 가봐야 돼요. 멍청한 이탈리아인들이 자꾸 성가시게 하네요. 다음에 또 연락해요. 끊어요!"

아빠는 의자에 앉아 한동안 허탈하게 핸드폰을 보고 있었다. 그리고 일어나더니 문 쪽으로 다가왔다. 나는 얼른 자리를 피했다.

17장. 심장에 박힌 바늘

아파트 마당에 들어서니 미시카가 보였다. 주머니에 손을 넣고 출입문 앞에 서 있었다.

"안녕? 여기서 뭐 해?"

"너 기다렸어. 못 본지 꽤 됐잖아, 보고싶었어. 안녕?"

미시카가 왠지 좀 다르게 느껴졌다. 어떻게 설명해야 할 지 모르겠다. 평소에 그는 과하다 싶을 정도로 에너지가 넘친다. 그런데 지금은…… 설탕물에 담겨진 듯 차분하다.

"그렇구나, 들어갈래?"

사실 집에 손님을 들이고 싶은 생각은 없었고 예의상 한 번 물어본 거다. 어쨌든 미시카는 거절했다.

"그냥 여기에 잠깐 있자."

"그래."

"요즘엔 스웨터에 왜 안 와?"

"갔었어. 좀 다른 시간대에 가서 그래."

"다들 너 보고 싶어해."

"다들? 누가?"

"내가." 미시카는 고개를 숙이고 발끝을 뚫어져라 보고 있다. 외계인이 탄 작은 비행접시가 자기 발등에 착륙이라도 했나보다.

"미시카, 너도 알겠지만 좀 복잡해. 일단……." 나는 말을 하려다 말았다. "아니다, 중요한 거 아니야."

설명하는 게 싫었다. 설명 안 해도 다 아는 일이니까. 마샤와의 우정은 끝났다. 이런 일도 있는 거다, 끝났다.

"료바 때문에 그런 거지?" 미시카가 물었다. 그리고 그만의 특유한 미소를 지으며 덧붙였다. "걔는 이름[1]도 멋지고. 나는 운이 없네."

---

1) '료바'의 정식 이름은 사자라는 뜻의 '레프'이다. 반면 '미시카'의 정식 이름은 '미하일'이며, 아기 곰이나 곰 인형을 '미시카'라고 부른다.

"이름은 그냥 이름일 뿐이야. 료바 때문에 그런 것도 아니고, 개랑은 상관없는 일이야. 그리고 나랑 료바는 서로의 자유를 존중해주는 신뢰 관계야."

"알았어. 그래도 생일 땐 올 거지?"

"보랴 생일? 나는 초대도 안 받았어." 심장에 박힌 바늘이 마구 찌르는 것 같다.

나는 기분이 된통 상했다.

"내가 초대할게, 꼭 와! 내가 되게 기쁠 거야."

"네가 왜 초대해? 네 생일도 아니잖아?"

"율랴, 그래도 와. 다들 진짜 좋아할 거야."

'다들' 좋아하는 게 맞다면 벌써 백 번도 넘게 연락을 했겠지. 나는 갑자기 미시카에게 화가 나기 시작했다. 날 불쌍하다고 생각하나? 사회에서 내쫓긴 사람 도와주기라도 하겠단 건가?

"싫어, 안 갈래. 미안한데 나 그만 갈게." 나는 뒤돌아서 인터폰 번호를 눌렀다. 아빠가 오늘은 집에서 일한다고 했다.

"너 진짜 후회할 걸? 알았어, 잘 가!" 미시카가 인사를 하고 갔다.

나는 말로 표현하기 힘들 만큼 마음이 아프고 속상했다. 화가 나서 인터폰 번호를 잘못 누르는 바람에 다른 집과 연결이 됐다.

"네?" 스피커로 한 노인의 목소리가 들렸다. "누구 찾아요?"

"아니에요, 죄송합니다!"

'알았어, 잘 가!'란 말이 울고 싶을 만큼 건조하게 들리다니…….

사진? 그림?

피아노에 앉아 새로운 에튀드 악보를 보고 있다. 오늘은 정말 집중이 안 된다. 한 달 후에 또다시 열릴 콩쿠르를 생각하면 몸이 움찔거린다. 내가 왜 이런 고통을 당해야 하지?

음악. 음악. 음악.

이제 저 단어만 들려도 속이 메슥거린다! 악랄하고 흉측한 단어가 틀림없다.

대체 뭐가 잘못된 걸까?

베르카가 내가 있는 방을 들여다봤다.

"오 분 후에 저녁 식사니까 정리하고 나와."

베르카가 괜찮게 느껴진다.

근데 베르카는 학교 후에 아무 데나 돌아다녀도 되는데 왜 나는 안 되는 거지? 그녀는 아무 데나 옷을 벗어 던져도 괜찮지만, 내가 그런다면 페니모르 쿠페르를 야단치듯 냉정하게 지적할 거잖아.

나라면 그렇게 할 엄두도 못 낼 일들이 베르카에겐 왜 다 허용되는 거지? 자유롭게 자기 자신의 모습으로 있는 것! 볼륨을 최대로 높이고 록을 듣고, 밤마다 초콜릿을 왕창 먹고, 트롤리버스를 타고 이쪽 끝에서 저쪽 끝까지 도심을 가로지르고, 머리를 짧게 자르고, 코를 뚫는 등 (이건 별도의 이야기가 필요한데, 아무튼 어제 베르카는 옆머리를 빡빡 밀고 왼쪽 콧구멍에 피어싱을 하고 나타났다) 이렇고 저런 일들! 이제 곧 두고 봐, 그녀가 이마에 컬러 문신을 하고는 가죽 점퍼 입은 바이커를 대동하고 아침이 다 되어 집에 들어와서 덕이 넘치는 우리 부모님에게 다음과 같은 말을 선언하는 날이 있을 거다.

"이 사람은 제 남편이에요, 어제 우리 라스베이거스에서 결혼식을 올렸어요. 저를 사랑하시는 것처럼 이 사람도 소중히 여겨주세요!"

진지하게 말하는데 그녀의 레퍼토리에 충분히 있을 법한 일이다. 그렇다고 해서 나도 모든 걸 그녀처럼 해보고 싶다는 뜻은 아니다. 딱 한 가지만 제외한다면 말이다. 아주 간단하고 누구나 이해할만한 한 가지 − 자유다.

마귀 할멈이 있는 음악 학교를 떠나면 숨쉬는 게 쉬울 거다. 다른 열다섯 살 아이들이 그냥 숨을 쉬는 것처럼! 사진을 찍거나 그림을 그리는 것 - 이런 걸 늘 해보고 싶었다! 아니면 다른 뭐라도, 춤이라도! 왜 안 되지? 맹세코 뭐든 다 해봤을 거다. 그냥 아무것도 안 하며 있지는 않았을 거다. 예술, 운동, 기술 등 이 도시에서 해볼 수 있는 모든 것들을 찾아다녔을 것이다. 그렇게 내 자신을 찾았을 것이다!

이런 환상적인 생각만으로도 좋아서 소름이 돋는다. 자유롭게 찾고, 발견하고, 실망하고, 또 다시 찾고. 이런 게 진짜 인생이다. 나의 앞서가는 아빠는, 나의 교양 있는 엄마는 왜 아직 이 사실을 모르는 걸까? 어떻게 설명해야 할까?

"너 저녁 안 먹어?" 베르카가 물었다. "음식 다 식었어."

"나 내일 생일 파티에 갈 건데," 갑작스레 내가 말했다. "같이 갈래?"

그런 규칙

혼자라면 절대로 가지 않았을 거다. 하지만 베르카와 같이라면……. 여러분은 '적을 가까이에 두라'는 말을 들어봤는지? 스웨터로 가는 길에 든 기분이 이 말과 비슷하다. 하지만 솔직히 이젠 누가 적이고 누가 친구인지 헷갈린다.

미시카의 경우는 확실한 내 편이지만, 그렇다 해서 이 복잡한 상황이 풀릴 것도 아니다.

카페 밖에서도 그들이 보였다. 창가에 테이블 네 개를 붙여서 앉아 있다. 늘 있던 구석 자리가 아니다. 풍선이며 형형색색의 장식으로 꾸민 모양이 앙트러프러너의 파티라기 보단 유치원 학예회 같다.

안으로 들어갔다. 나는 마치 하얀 깃발을 흔들 듯 그들을 향해 손을 흔들었다. 모두 이미 와 있었다. 보랴, 마샤, 슈샤, 미시카, 이주모프, 또 다른 애들. 하지만 평소처럼 열 명이 아닌 아홉 명이다.

"오오오. 이게 누구야!" 지마 이주모프가 소리쳤다. "친애하는 숙녀분들, 와 주셔서 영광입니다."

"장난 그만 쳐." 마샤가 끼어들더니 나를 보며 뭔가 잘못한 듯한 느낌의 미소를 지었다.

"지나가고 있었는데 보니까 다들 모여 있어서." 또 쓸데없는 말을 해버렸다. "생일 축하한단 말이라도 하고 가려고."

"좋아, 축하해줘!" 보랴가 기분좋게 말했다. "근데 제발 귀는 잡아당기지 마[1]. 곧 떨어져 나갈 것 같아, 알았지?"

"친구도 소개해 줄거지?" 이주모프가 물었다.

---

[1] 생일을 맞은 아이에게 건강하게 잘 크라는 말을 해주며 귀를 잡아당기는 풍습이 있다.

그는 베르카에게서 잠시도 눈을 떼지 않았다. 학교에서 이미 백 번도 더 봤으면서, 그냥 자기가 와서 인사하면 될 것이지.

"너네 서로 알고 있지 않아? 얘는 베르카, 얘는 드미트리 이주모프⋯⋯." 그리고 같은 반이 아닌 친구들까지 전부 이름을 알려줬다.

보통의 정상적인 사람이라면 인사하며 예의상 웃어 줬을텐데 베르카는 그렇지 않았다. 가끔 그녀를 보면 마치 세상을 수천 년 산 사람처럼 모든 걸 죽도록 지겨워하는 표정일 때가 있다. 이집트의 피라미드처럼 모든 것에 무심하다.

슈샤가 마샤에게 몸을 기울여 뭔가 속삭였다. 난 그게 미치도록 싫었지만, 할 수 없지.

"얘들아, 앉아." 베르카 옆에서 안절부절못하던 이주모프가 말했다. 그가 옆 테이블에서 의자 두 개를 끌어왔다. "미시카, 조금만 옆으로 가 봐, 베로치카가 내 옆에 앉으면 좋겠어."

베르카는 '베로치카'라는 말을 못 들은 척하고는 지마 옆에 앉았다. 나는 미시카 옆에 앉았다.

"안녕." 미시카가 말했다. "잘 왔어."

"진짜 근처 지나다가 들른 거야." 나는 핑계를 댔다.

"근데 선물은?"

"아, 맞다." 나는 정신을 차리고 보랴에게 선물 꾸러미를 내

밀었다. "받아. 생일 축하해, 보랴. 몸도 튼튼 마음도 튼튼! 이건 나랑 베르카랑 같이 준비한 거야."

베르카와 나는 두 권의 책을 골랐다. 나는 보랴에게 줄 선물로 로이스 로우리의 『기억 전달자』를 골랐다. 그가 예전에 이 영화를 되게 재밌게 봤다고 했었는데, 아마 책을 읽으면 훨씬 강렬한 느낌을 받을 거다. 베르카는 『하늘이 보이는 방』을 골랐다. 그 책은 여자 소설인데…… 그러니까 내 말은, 남자애들보다는 여자애들에게 더 맞을 거라는 뜻이다.

보랴가 고맙단 말과 함께 선물을 보고 있을 때 종업원이 주문을 받으러 왔다. 모두 갑자기 열심히 메뉴판을 보기 시작했고 나는 긴장이 조금 풀렸다. 솔직히 내 자리가 아닌 것 같은 불편함을 느꼈다. 마샤와 슈샤 때문이다. 나머지 아이들은 정말 다 반가웠다. 베르카는 스스럼없는 표정과 행동, 짧게 친 헤어 스타일로 남자애들에게 센세이셔널한 인상을 줬다. 모두 앞다투어 그녀에게 질문을 던지기 시작했다. 뭘 먹는지, 뭘 마시는지, 페테르부르크 날씨는 어떤지, 여기 사는 건 어떤지 등등등. 베르카는 모든 질문에 딱 한마디로 대답했는데 그게 남자들의 호기심을 더 자극하나 보다. 특히 이주모프는 베르카에게 잘 보이고 싶어서 아주 안달이 났다. 그녀 옆에 딱 붙어서 계속 떠들어댔다. 저러다 베르카한테 한 대 맞을까 걱정이 들 때쯤

다행히 피자가 왔다.

"있잖아, 내가 오늘 길에서 되게 특이한 개를 봤어." 슈샤가 말하기 시작했다. "핑크색이야, 상상이 돼? 로열 푸들인 것 같았는데 머리부터 발끝까지 핑크야. 완전 이쁘더라. 아흐마드가 새해 선물로 그런 강아지 사 준다고 했어."

"근데 아흐마드는 어딨어?" 보랴가 물었다. "같이 온다고 하지 않았어?"

"아…… 일이 좀 생겼나 봐, 전시회에. 아, 맞다! 내일 아침에 뉴스에 아흐마드 나올 거야! 다들 꼭 봐라, 알겠지?"

"뭐야, 그 사람 아나운서야?" 미시카가 코웃음 치며 물었다.

"아나운서 아니거든요? 그동안 다녔던 여행이랑 거기에서 찍은 사진에 대해 인터뷰하는 거거든요?"

미시카는 씽긋 웃더니 내게 피자를 먹어보라고 권했다. 난 거절했다.

"베르카, 너는 개 키워봤어?" 슈샤가 살갑게 물었다. "율랴가 말비나였나? 그런 개에 대해 말한 적이 있었던 것 같은데."

"바기라야." 내가 수정해줬다.

"아, 맞다!"

"그 개는 피테르에 있어." 베르카가 어두운 목소리로 대답했다.

"누구랑 있는데?" 슈샤가 걱정스레 눈썹을 찌푸렸다. 나는 이 대화가 점점 싫어졌다.

"누구랑 같이 있는 건 아니고 혼자 있어."

"뭐라고? 설마 개를 혼자 내버려두고 온 거야?"

"그 개는 독립적인 존재야, 알아?" 베르카는 마치 소인국의 난쟁이를 보듯 슈샤를 내려봤다. "바기라는 문도 혼자 열 수 있어."

이건 확실한 사실이다. 베르카가 문 여는 방법을 가르쳤다. 바기라는 뒷다리로 서서 앞다리로 손잡이를 내려 문을 연다.

"진짜 대단하다." 이주모프가 휘파람을 불며 말했다. "베르카, 넌 진짜 알면 알수록 놀라워, 심쿵이야! "

"그리고 핑크색이든 뭐든 개를 염색하는 건 키치[1]야. 아무리 좋게 봐도 그렇다고. 만약에 너를 하늘색으로 염색한다고 하면 괜찮겠어?"

"내가 개는 아니잖아?" 슈샤의 얼굴이 갑자기 빨개졌다.

"그게 무슨 상관이야." 베르카가 콧방귀 뀌며 말했다.

그녀는 접시를 한쪽으로 밀고 주머니에서 스마트폰을 꺼냈

---

1) 하찮은 예술품을 지칭하는 속어. 겉으로 보기엔 예술적이나 들여다 보면 저급한 상품 같은 것을 가리킨다.

다. 누군가에게 메시지를 쓰기 시작했다. 아마 여기까지가 그녀가 참을 수 있는 한계였나 보다.

"그거 저리 치워!" 슈샤가 갑자기 크게 소리치는 바람에 옆 테이블 사람들이 동시에 우리 쪽을 쳐다봤다. "너 뭐야, 얘한테 말 안 했어?" 슈샤는 이내 나에게 소리를 질렀다.

"베르카, 핸드폰 다시 넣어줘." 내가 부탁했다. "여기서는 핸드폰 같은 거 사용하지 않기로 했거든."

"그게 무슨 뜻이야? 왜?" 베르카가 매우 놀라며 물었다.

"왜긴 왜야?" 슈샤가 다시 소리쳤다. "그런 규칙이 있어! 마샤, 네가 말해줘!"

"신경질 내지 마. 내 핸드폰은 내가 알아서 해."

모두 조용히 앉아만 있고 아무도 끼어들지 않았다. 심지어 마샤도, 그녀답지 않게 나서지 않았다. 곧 슈샤가 베르카를 덮치고, 베르카는 그녀를 한 방에 먹어버릴 것 같았다. 비유적인 표현이다.

"얘들아, 싸우지 말고!" 이주모프가 중재에 나섰다. "아직 케이크도 먹어야 되고 좋은 게 많이 남았으니까."

"쟤 가라고 해!" 슈샤가 분에 차서 말했다. "아니면 내가 갈 거야. 둘 중에 선택해, 누가 더 소중한지!"

나는 상황이 어쩌다 이렇게 급변한 건지 이해할 수 없었다.

베르카는 사람들 열 받게 하는 데는 선수다. 단련된 강철 신경을 가진 명인이다. 한편으로 슈샤가 불쌍할 정도다.

베르카는 조금도 흥분하지 않고 계속 스마트폰을 들여다봤다.

"저기, 우린 그냥 가는 게 좋겠어." 내가 미시카에게 말했다. 그리고 좀 큰 소리로 베르카에게 말했다. "베르카, 가자! 얼른 일어나."

"그래, 가! 레드 카펫 깔아 드릴게, 얼른 가!" 슈샤는 완전히 정신을 놓은 듯했다. 저런 모습은 처음이다. "꺼져버려!"

베르카는 곧장 일어나 의자에 걸려 있던 외투를 입기 시작했다. 내가 더 설득할 필요도 없었다.

"내가 바래다 줄게." 이주모프가 불쑥 일어났다.

"나도." 미시카도 일어났다.

"친구들, 이게 다 뭐지? 난 너희 못 보내." 보랴가 항의하듯 말했다. "마샤, 넌 왜 가만히 있어?"

마샤는 얼굴이 새빨개져서 아무 말도 못 했다. 마샤가 말을 못할 때가 다 있다니 기적이다.

"미안해, 보랴." 베르카는 보랴에게 미안하다는 말을 남기고 출구 쪽으로 갔다. 다른 애들과는 인사도 안 했다.

나도 베르카를 뒤따라갔다. 사실은, 마샤에게 다가가서 그녀를 꼭 안아주고 싶었지만.

그 일이 일어난 건 작년 가을이었다. 나는 집에서 조너선 포어의 『엄청나게 시끄럽고 믿을 수 없게 가까운』이라는 책을 읽고 있었다. 9·11 뉴욕 테러 때 아버지를 잃은 한 소년에 대한 이야기다. 평소 책을 많이 읽는 편인데 그때 그 책을 읽고 있었던 게 기억난다. 이 책은 영화로도 만들어졌는데 톰 행크스가 주연이다. 안 봤다면 꼭 보시길! 아주 좋은 영화다. 하지만 늘 그러하듯 책이 더 좋다.

아무튼 방에 누워 책을 읽고 있었는데 초인종이 울렸다. 그때는 벌써 밤 아홉 시쯤으로 누군가 방문하기엔 늦은 시간이었다. 아빠가 문을 여는 소리가 들렸다. 나는 일어나 방문을 빼꼼히 열었다. 그리고 궁금해서 복도로 나갔다.

경찰복을 입은 두 사람이 엄중한 표정으로 현관에 서 있었다. 그들은 신분을 밝히며 경찰증을 보여주고 질문을 던지기 시작했다.

"무슨 일입니까?"

"무슨 일이라뇨?" 아빠가 어리둥절해서 되물었다.

"경찰은 왜 부르셨어요?"

"저희가요?" 아빠는 정말 놀란듯한 표정이었다. "아무도 안 불렀는데요."

"흠, 이상하네요. 정말 괜찮으십니까? 무슨 일 없어요?" 좀 더 젊은 경찰이 계속 캐물었다. 그는 아빠의 넓은 어깨 너머로 집 안을 살펴보려고 애썼다.

"아무 문제 없어요." 용감한 아빠가 그를 안심시켰다.

그제서야 그들은 인사를 하며 갔고, 아빠는 어떻게 된 건지 모르겠지만 미안하다고 했다. 나도 책을 읽으러 다시 방에 갔다. 조금만 읽으면 끝이다.

그런데 곧 초인종이 또 울렸다. 이번엔 내가 문을 열었는데, 그렇게 하는 게 좋을 것 같다고 직감했기 때문이다.

현관 밖엔 의사가 와 있었다. 가운을 입고 있어서 대번에 알아봤다. 그는 안으로 들어오려고 비닐 덧신을 신기 시작했다. 인사도 하지 않고서 말이다.

"누구한테 오신 거예요?" 내가 물었다.

"당신한테요!" 구급대 의사가 도전적인 톤으로 대답했다. 그리고 나를 한쪽으로 밀치고 안으로 들어왔다. "손 좀 씻을게요. 화장실 어디에요?"

아빠 엄마도 방에서 나왔고 관계를 해명하기 시작했다. 아니, 관계가 아니라, 대체 무슨 상황이 벌어지는 것인지를!

알고 보니 누군가 우리 집 주소로 구급차를 불렀다는 거다. 아빠는 미안하다는 말을 수없이 해야만 했다. 의사는 굉장히 언짢아했다. 화가 나서 '이게 무슨 난동이냐?'는 말까지 했다.

그리고 십 분쯤 후에 또다시 벨이 울렸다. 난 더 이상 놀라지도 않았다. 이번엔 또 누가 왔을지 대충 짐작이 됐다. 창밖을 내다보니 바로 우리 아파트 입구에 소방차가 있었다. 예상대로 소방대원 옷을 입은 두 사람이 찾아왔다.

부모님은 우리 집이 장난 전화 피해를 당하고 있는 것 같다며 상황을 설명했다. 그 때문에 경위서까지 작성해야만 했다.

아직도 모르겠는지? 하룻밤에 우리 집에 경찰과 구급차와 소방차를 보낸 천재적인 인물이 누구인지? 나는 거의 처음부터 예상하고 있었다. 나중에 다시 창밖을 내다보고는 내 예상이 적중했음을 알았다.

그 덜떨어진 인물들은 웃음을 터뜨리며 바닥을 뒹굴고 있었다. 미시카와 그의 친구들이다. 친구들은 내가 모르는 애들이다. 그래, 이게 웃긴단 말이지? 멍텅구리들! 혼자 똑똑한 척은 다 하더니.

이게 1년 전 일이다. 불과 1년 새에 사람이 확 바뀌었다. 하긴 1년이 대수야? 한 시간 만에 몰라볼 정도로 변하기도 하지. 그렇고 말고.

18장. 200억.

계획대로 되고 있었다. 베르카는 내가 그녀에게 점점 더 가까이 다가가는 걸 허용하고 있었다. 고슴도치처럼 동그랗게 말린 가시 돋힌 등을 돌리고 이제 보드라운 배를 내밀 차례다. 그렇다고 내가 쓰다듬어주겠다는 건 아니다. 나 또한 나만의 가시가 있다.

"북 타운에서 예고르가 사인회를 한대." 베르카가 4월 말엔가에도 얘기했었다. "괜찮으면 같이 갈래?"

내게 온 기회였다. 아마도 유일한 기회.

"대박! 당연하지, 나도 갈래."

다음날 사인회가 열리는 곳으로 갔다.

베르카는 가히 감탄사가 나올 만큼 매력적인 모습이었다. 이곳에 온 후 처음으로 화장을 하고, 머리를 하고, 치마를 입고, 힐을 신었다. 솔직히 난 그녀의 모습을 알아보지 못했고, 아빠는 거의 기절할 정도였다.

"너네 그렇게…… 화려하게 치장하고 어딜 가는 거니?"

"아빠!" 나는 눈을 치켜 뜨고 아빠를 봤다.

제발 그 이야기는 하지 마. 젊었을 때 모델 했던 얘기를 또 꺼내려는 눈치다. 아빠가 모델을 했다는 게 사실이긴 하다. 당시 우리 시에서 가장 예쁜 아가씨에게 반해서 그녀를 따라 우연히 스튜디오에 갔다고 한다. 그땐 아빠가 아직 엄마를 만나지 않았을 때였고 엄마가 가장 예쁜 여자라는 것도 몰랐을 때라나? 아무튼 그 가장 예쁜 아가씨는 모델이었다. 이 이야기는 아빠의 무기고에 저장된, 유일하게 '화려한' 이야기로 집에 친구들을 데려오면 꼭 등장하는 테마다.

"제냐 아저씨, 저희 빨리 가야 돼요. 작가 사인회 가요." 베르카가 재빨리 보고를 하고 내 손을 잡아끌었다.

아빠는 더 이상 아무것도 물어보지 못했다.

서점엔 생각보다 사람이 많지 않았다. 잘해야 삼십에서 삼십오 명 정도. 마이크는 아직 꺼져 있었고 예고르, 그러니까 이고리 유리예비치는 테이블에 앉아 사람들이 착석하길 기다렸다.

그는 턱수염이 나 있었다. 지난번 학교에 왔을 땐 면도하지 않은 정도의 느낌이었고 그게 잘 어울렸다. 그런데 이번엔 진짜 더부룩한 턱수염을 길러서 한 열 살 정도 더 나이 들어 보였다. 옆에 앉은 베르카는 한순간도 작가에게서 눈을 떼지 않았다. 그럼 그렇지.

"하나 둘, 하나 둘, 들리세요?" 마이크가 켜졌다. "이제 됐네요. 여러분, 안녕하세요. 시간 내서 여기까지 와 주셔서 감사합니다. 오늘 우리가 이야기할 내용은……. 음, 무슨 얘기를 해볼까요?"

"사랑이요!" 임시로 꾸며진 사인회 홀에서 누군가 소리쳤다.

"행복!"

"예술에 대해서요!"

"기적이요!"

"좋아요. 시작해 봅시다." 이고리 유리예비치가 크게 웃더니 말했다. 미소도 멋진데 웃음 소리까지 호탕하고 좋다. "대화 나누기 좋은 주제들이에요, 좋아요. 제 생각에, 여기 계신 분들은 다 『하늘이 보이는 방』을 읽으신 것 같은데…… 맞나요?"

"네에에에!"

작가를 보러 온 사람들이 거의 여자라는 사실은 말 안 해도 알 것이다. 대부분의 독자들이 우리와 동갑이거나 몇 살 차이 나지 않아 보였다. 그리고 전부 작가와 사랑에 빠진듯 했다. 물론 나를 제외하고.

"좋습니다." 또 한 번 작가의 미소가 눈부시게 빛났다. "먼저 기적에 대해 말해 볼까요? 예전에 있었던 어떤 일이 떠올랐어요. 한 달 동안 카페인이 든 커피나 홍차를 일절 마시지 않기로 제 스스로 시험해 보기로 했었는데요. 저는 어떤 한 카페에서 작업하는 걸 좋아해서 거의 매일 그곳에 가요. 그런데 커피나 차를 주문하지 않고 두세 시간 동안 노트북 하면서 있는 건 너무 불편하잖아요. 아무튼 그래서 허브티 같은 걸 주문하려고 메뉴를 봤는데 그런 건 없었어요. 근데 한쪽에 '맡겨둔 커피'라는 문구가 보이더라고요. 밑에 설명이 있었는데 다른 사람을 위해 커피를 살 수 있고, 그 커피는 누군가 돈이 없거나 지갑을 두고 온 사람이 마실 수 있다는 거였어요. 그래서 저는 한꺼번에 여러 잔의 커피를 달아 놨고, 대신 카페가 저를 위해 치커리 차를 준비해 주기로 그렇게 얘기가 됐어요. 그런데 여러분, 중요한 건, 주목해 보세요! 그동안 저는 이런 훌륭한 서비스를 한 번도 이용하지 않았고 그 문구를 보지도 못했다는 거예요. 일상에서 일어나는 기적의 좋은 예라고 할 수 있어요. 보는 각도를 조금만 바꿔도……."

나와 베르카는 서로를 힐끔 쳐다봤다. 지난번에 베르카가 해준 이야기가 바로 떠올랐다. 스베타 아줌마와 카페에 갔는데 지갑이 없었다는 이야기 말이다. 이렇게 일치하다니…….

"자 그럼, 다음엔 어떤 주제가 있었죠?"

"행복이요!" 누군가 다시 소리쳤다.

"좋아요!" 작가가 무릎을 치며 말했다. "오늘은 이렇게 즉흥적으로 진행할게요. 음, 이런 걸 한 번 생각해보세요. 어쩌면 누군가에겐 새로운 일일 거예요. 몇 년 전에 제가 한 유명한 작가랑 얘기 나눈 적이 있는데 그때 그 분이 어떤 말을 해주셨어요. 그땐 그게 굉장히 이상하게 들렸어요. '우리가 하는 일 중에서 가장 중요한 것은 행복한 사람이 되는 것이다' 라는 말이었는데요. 글쓰기에 대한 조언이나 스킬 같은 건 하나도 말씀해주시지 않아서 꽤 실망했었죠. 솔직히 이해는 하나도 안 됐지만 그 말이 마음 속에 항상 남아 있었어요, 등대처럼. 그 분은 정말 놀라운 분이세요. 선하고 지혜롭고, 책도 다 너무 좋고요. 그래서 그냥 그 말을 삼키고 믿어버렸어요. 당시 저는 세상을 굉장히 비판적이고 비꼬는 시선으로 보고 있었고, 제 주변에도 그런 사람들이 대다수였어요. 근데 그 후로 제가 조금씩 변하더니, 웃지 마세요, 동화책이 저를 완전히 바꿔 버렸어요. 그때가 제가 스무 살을 한참 넘긴 나이였는데 어린이 도서관 몇 곳을 등록하고 어린이 도서만 주구장창 읽었어요. 그리고 시간이 조금 지나서 보니 예전엔 재미있게 느껴졌던 것들이 더 이상 그렇게 느껴지지 않는다는 걸 깨달았어요. 예를 들어 뉴스나 정치, 떠돌아다니는 소문 같은 것들이요. 그런 것들이 인생이라는 화면에 나타나는 잡음이나 전파 방해 같았어요. 당시에 제가 운영하는 소셜 페이지가 있었는데 문학 비평 기사, 작가들 세계에서 일어나는 뉴스, 새로 출간된 책, 그 책에 대한 의견 등을 토론하는 곳이었어요. 코멘트도 공개적으로 달리는 곳이어서 저는 매일 들어가서 댓글을 읽으며 모니터했어요. 욕설도 있었고, 논쟁도 많이 일어났고, 인신공격도 있었어요. 저는 그런 걸 보며 '우리가 말하려던 건 책에 대한 게 아니었나?' 하는 생각이 들었어요. 필요한 일은 안 하고, 마치 아우게이아스의 축사에서 분뇨를 파헤치는 헤라클레스가 된 기분이 들었죠. 저는 뭔가 직감적으로 페이지의 주제를 바꾸기 시작했어요. 자연에 대한 기사를 올리고, 일상의 기쁨에 대한 영감을 주는 글과 그림을 올리기 시작했어요. 문학과는 직접적인 관계가 전혀 없는 것들이에요. 그런데 즉각적인 변화가 생겼어요. 욕설이 없어졌고요, 제 페이지의 애서가들이 좋은 말을 쓰기 시작했어요. 고마움을 표현하고, 서로 인사하고, 자신을 소개하고요. 하늘과 땅 차이였어요. 그래서 저는 '비슷한 것끼리 서로 당긴다'는 말에 대해 깊이 생각하게 됐고, 그게 그저 빈말이 아니라 진짜 그렇게 된다는 걸 체험했어요. 시간이 지나서 댓글을 아예 못 달게 해봤는데요, 정적에 대한 실험을 해 본거죠. 사실 사람들이 제 페이지를 떠날 수도 있다는 위험성도 있었어요. 어쨌든 소셜 페이지이고 우리는 사회적인 존재니까요. 특히 인터넷 공간을 좋아하는 사람일수록 더욱 그렇잖아요. 그런데 놀라운 결과가 나왔어요. 방문자 수가 세 배로 늘어났어요. 사람들이 와서 페이지에 올려진 좋은 것들을 그냥 조용히 보고만 가는 거예요. 많은 사람들이 원하는 행복이란 바로 그런 거였어요. 사람들이 제게 자주 하는 말 중에 하나가 '깨끗한 공기 한 숨 마시고 싶다'예요. 인포메이션 디톡스는……."

이 말을 듣자마자 나는 마샤를 떠올렸다. 그녀의 아이디어로 스웨터에서 핸드폰을 사용하지 않기로 했었다.

"풍요로운 삶을 사는 사람은 가상 공간에서의 잡담에 쏟을 시간이 없어요. 그런 것 없이도 충분히 만족스럽게 살 수 있거든요. 그런 교제는 남는 게 없고 시간만 버리게 돼요."

그는 또 여러 가지 이야기를 해줬는데 대부분 자신이 직접 경험한 것들이었다. 진실되게 자신의 감정을 잘 살리면서, 또 농담도 섞어가며 이야기해서 재미있게 들었다. 베르카가 왜 이 사람에게 빠졌는지 조금이나마 이해하게 됐다. 카리스마가 넘치는 인물이다.

작가의 이야기가 끝나자 사람들이 사인을 받으려고 책이나 노트를 들고 테이블 앞으로 몰려갔다. 나와 베르카는 서두르지 않고 맨 뒤로 물러나 조용히 줄을 섰다.

사람들이 점차 줄어들고 작가가 우리가 서 있는 걸 봤다. 정확히는 베르카를 봤다. 나는 알아보지도 못했을 테니.

"베르카, 안녕! 이렇게 보니 반갑다. 어떻게 지내니?"

"고맙습니다, 이고리 유리예비치. 잘 지냈어요."

흠, 다행히 '곰돌이'라고 부르진 않는군.

베르카의 작아진 모습을 보는 게 정말 낯설었다. 그녀는 그 사람 앞에서 어쩔 줄 몰라 하며 조용히, 얌전히 서 있었다. 이런 모습만 보면 사람이 아니라 천사다.

"잘 왔어. 얘는 네 친구야? 친구님 얼굴이 좀 어렴풋하긴 해도 아는 얼굴인데?" 작가가 나를 보며 말했다.

나는 그가 우리 학교에 왔었다고 말해줬다. 브레인스토밍도 하고, 뭐도 하고, 아무튼 그런…….

"맞다, 그랬었구나! 내가 얼굴은 꽤 잘 기억하는데 이름은 깡이야."

"제 이름은 율랴예요."

"율랴, 잠깐만 자리 좀 비켜줘." 갑자기 베르카가 부탁했다.

"알았어. 난 가서 책 좀 사고 있을게."

난 자리를 떠나서 엄마에게 선물할 『하늘이 보이는 방』도 사고, 그의 신간인 『200억』이라는 책도 샀다. 이 책은 미래에, 인구 과잉 시대에 사는 두 남녀의 사랑 이야기다. 아마 슬픈 이야기인 것 같다. 책 해설을 읽어 보고 그런 생각이 들었다.

아무튼 계산대에서 책값을 지불하고 다시 돌아갔다. 근데 둘 사이에 일어나는 일을 보고선 기둥 뒤로 숨어버렸다.

그가 베르카의 손을 잡고 있었다. 맙소사! 손을 잡는다는 것엔 많은 뜻이 있잖아? 적어도 내게는 그렇다. 나는 가방에 손을 넣어 베르카의 일기장을 만져봤다. 손가락이 데는 것 같았다!

그렇지만 이 일을 감행하기로 했다. 심장이 귀에 붙은 것처럼 박동 소리가 크게 들렸다. 지금이 아니면 기회는 없어.

나는 기둥 뒤에서 나와 그들에게 다가갔다. 작가는 나를 보자마자 쥐고 있던 베르카의 손을 놓았다. 적잖이 당황한 듯했다.

"아무튼 베르카, 내 말 이해했지? 그랬길 바란다."

베르카는 말없이 고개를 끄덕였다. 마치 자신의 장례식을 보는 것보다 더 어두운 표정이었다.

"율랴, 이젠 너한테 해 줄 일이 남았네. 책에 사인해 줄까?"

"네. 엄마한테 드리려고요. 엄마 이름은 류다예요. 그리고 이건 '료바에게'라고 해 주세요."

"레프! 왕의 이름이네. 아빠야?"

"아뇨, 남자친구요."

내 손은 다시 가방 속에 가 있다. 일기장을 꺼낼지 말지 결정을 못하고 있었다. 하지만 코스차 P가 떠오르자 결단을 내렸다.

"그리고 이건……." 나는 테이블 위로 일기장을 탁 내려놓았다. 곰돌이에 대해 쓰여진 페이지가 바로 펼쳐졌다. 내가 일부러 그렇게 한 거다.

"이건 뭐야?" 작가가 물었다.

"읽어 보면 아실 거예요."

베르카는 옆에 서 있었지만 시선은 다른 곳을 향해 있었다. 그녀는 아직 눈치채지 못하고 있었다.

이고리 유리예비치가 펼쳐진 곳을 읽어내려갔다. 나는 그의 얼굴을 살폈다. 표정이 바뀌더니 창백해지고, 난감한 듯 코끝을 만지더니 눈을 깜박거렸다. 나는 상황을 살피며 승리의 순간을 기다렸다. 복수했다는 만족감, 그 고소함을 드디어 느끼게 될 순간 말이다.

헌데 언제?

그런 비슷한 느낌조차 들지 않았다. 오히려 반대였다. 생각했던 것과 완전히 달랐다. 완전히!

"주세요!"라고 소리치며 일기장을 그에게서 다시 뺏으려는 순간 베르카가 앞질러 낚아챘다.

그녀는 자신의 노트를 강아지나 갓난아기처럼 꼭 끌어안고 내 앞에 가엾이 서 있다. 한없이 가엽게.

침묵이 영원히 이어질 것 같았다. 이고리 유리예비치도 아무 말을 못 했다. 잠시 후 청소부가 와서 자리를 치워야 하니 비켜 달라고 했다.

말없이

얼굴아! 페인트 붓털로 만들어진, 문에 새겨진 내 사랑하는 얼굴아! 나를 이해하는 건 너밖에 없어! 코스챠 P를 생각할 때마다 가슴에 한가득 차오르던 사랑을 쿠쟈도 이해하지는 못했지!

사랑하는 얼굴아! 네가 잘 하는 일이잖아, 내 말 좀 들어줘. 나한테 좀 웃어줘, 제발 고개를 끄덕여줘. 너만은 내 편이라는 걸 알아. 내가 못될 때도. 내가 불행하고, 냉정하고, 비겁할 때도. 너는 늘 날 도와주잖아. 내 얘길 말없이 들어주고, 조용히 웃어주고, 눈을 찡긋하며 '내가 옆에 있어. 안아줄게. 내가 여기 있는 건 너 때문이야, 언제나' 라고 말해주잖아.

얼굴아, 너는 진정한 친구야. 정말 진실되고 사랑하는 친구들이 해주는 일을 네가 해주고 있어. 귀 기울여주고, 중간에 말을 끊지도 않고, 평가하지 않고, 충고하지도 않고. 네가 가진 가장 좋은 걸 내게 주잖아. 사랑이 담긴 관심 말이야.

더 이상 네게 원하는 건 없어, 얼굴아!

19장. 요정 대모

나는 부끄러웠다. 베르카도, 그 작가도 아닌 내 자신에게 부끄러웠다. 모든 걸 계산해서 계획을 세우고, 목표를 이루기 위해 철저히 준비하여 한 사람에게 더러운 짓을 했다. 정말 비겁한 짓이다. 그 사람이 세상 좋은 사람이 아니라 수년 전 내 인생에 해를 끼친 사람이라 할지라도, 지금 와서 보면 내가 더 나쁘다. 이제 어떻게 살아야 할까?

요즘의 나는 스스로의 인생을 끔찍하게 만드는 일만 골라서 하고 있다. 다른 이의 손이 아닌 내 손으로 말이다. 베르카도 아니고, 슈샤도 아니고, 마샤나 료바도 아닌, 나 스스로 그렇게 하고 있다.

아무튼.

나는 바로 그날 저녁 베르카와 얘기하려고 했다. 하지만 베르카는 지금은 싫다고 하며 이어폰을 꼈다. 다음날엔 내가 말하고 싶지 않았다. 내가 왜 그런 짓을 했는지 베르카가 이해할 수 있도록 마음 다잡고 설명하기가 어려웠다. 베르카는 아마 내 일기장 '쿠쟈'와 '코스챠 P'에 대해 기억도 못 할 거다.

우린 더 이상 말하지 않았다. 그냥 자연스럽게 그렇게 됐다. 학교에서도 말없이 지냈고, 집에 돌아오는 시간도 각자 달랐다. 나는 올가 블라디미로브나 선생님과 함께 공연 때 연주할 연탄곡을 연습해야 했고, 베르카도 그녀만의 일이 있었다. 그녀는 TV 앞에서 혼자 저녁을 먹었다. 엄마 아빠가 식탁에서 같이 먹자고 여러 번 설득했지만 실패했다. 나와 베르카는 같은 공간에서 잠만 잤을 뿐 서로 다른 궤도로 돌고 있었다.

료바는 최근 더 자주 옐레나 세르게예브나의 집을 방문했다. 거의 매일 가서 그녀를 봤다. 나도 같이 가자고 계속 불렀지만 난 콘서트 준비 때문에 갈 수 없었다. 사실 료바가 거길 왜 그리 자주 가는지 이해가 안 됐다. 부모님 때문인가? 집에 있기가 그렇게 싫은가? 아무리 그래도 친구를 사귀는 것도 아닌데 거의 모르는 사람의 집에 매일같이 가다니.

수요일에는 옐레나 세르게예브나 집에 같이 가게 됐다. 프로방스와의 전화 연결이 예정돼 있었다. 솔직히 말하면 올리비예를 또 볼 수 있지 않을까 내심 기대했다. 그가 내게 안부 전해 달라고 했었다는 걸 말해줬는지? 내게 안부를 전했다고 한다! 지난번에 나를 어떻게 잠깐 봤는지, 나더러 '윈느 트레 졸리 피으', 즉 아주 예쁜 아가씨라고 했단다. 그 얘기에 나는 마음이 들떴고, 료바는 예상대로 질투심에 화를 냈다.

다 같이 홍차와 초콜릿을 먹고 있을 때 스카이프 신호음이 울렸다. 옐레나 세르게예브나는 곧장 노트북 앞으로 달려갔고, 료바는 나를 부엌 쪽으로 잡아당겼다. 우연히 올리비예를 보게 될까봐 그런 것 같다.

그럼 그렇지. 료바는 아무 말없이 창가에 앉아 있었다. 뭐야, 망태 할아버지 같아. 한동안 조용히 있더니 드디어 입을 열었다.

"프랑스 왕자가 그렇게 맘에 들어?"

"누구?"

"올리비예지 누구겠어."

"헛! 일단 그 사람은 왕자가 아니고. 그리고 난 올리비예 얼굴도 잘 못 봤는데."

"그 사람이 널 봤겠지."

"료바, 너 왜 그래?" 난 료바가 진심으로 걱정됐다. "혹시 집에 무슨 일 있어?"

"집에? 갑자기 집이 왜 나와? 네가 그 사람한테 눈빛을 날리는 걸 내가 다 봤어."

사람들아, 나 너무 억울해! 난 화가 치밀었다. 자기는 그 마린카인지 뭔지 다 만나고 다니면서 나는 화면 앞에서 웃는 것도 안 돼? 난 결국 한 달 동안 꾹꾹 참았던 말을 내뱉고 말았다.

"료바, 나도 마린카에 대해 다 알고 있어." 그리고 아무 말도 안 했다. 사실 더 이상 아는 것도 없었으니까.

"뭐? 무슨 마린카?"

"그 마린카."

"율랴, 제발 말도 안 되는 소리 하지 마. 내가 너 위해서 이렇게 노력하는 거 안 보여? 너랑 나를 위해서." 그가 갑자기 목소리를 낮추고 속삭였다.

이게 무슨 말이지? 나는 그가 무슨 말을 하는 건지 도통 이해가 안 됐다. 그때 옐레나 세르게예브나가 부엌으로 뛰어들었다. 들어온 게 아니라, 4월의 바람처럼 정말 훅 뛰어들었다. 그녀는 행복에 겨워 춤추다시피 했다.

"애들아, 정말 사랑한다. 세상은 정말 아름다워!"

"옐레나 세르게예브나, 무슨 일이세요?"

"얘들아, 나 프랑스에 가게 됐어. 오, 하느님! 잠깐만, 좀 앉자. 정말 꿈 같은 일이구나!"

"초대 받으신 거죠?" 내가 맞혔다. 와, 정말 잘 됐다! 나는 덩달아 너무 기뻤다.

"사랑스런 율랴, 니콜라이가 날 부르는구나. 아예 와서 같이 살자고!"

"그럼 결혼하시는 거예요?"

옐레나 세르게예브나는 고개를 끄덕이며 아이처럼 웃었다. 그러더니 이내 울기 시작했다.

"정말 좋은 소식이에요!" 료바가 말했다. "진짜 잘 되셨네요! 근데 서류는 어떻게 하실 거예요? 여권도 있어야 되고, 비자도 받아야 되는데……. 여권 있으세요?"

"그런 게 있겠어? 외국에 한 번 나가 보지도 못했는데."

"괜찮아요. 제가 도와 드릴게요. 저희 큰아버지가 이민국에서 일하시는데 순서 기다릴 필요 없이 바로 여권 만들어 주실 수 있어요."

"고맙다, 료바. 너희가 없었으면 어쩔 뻔 했니? 너희 때문에 내 인생이 완전히 뒤집어졌어. 좋은 뜻에서 말이다, 아주 좋은 뜻에서!"

그 집을 나오며 나는 모순되는 감정에 휩싸였다. 한편으론 옐레나 세르게예브나의 일이 굉장히 기쁘면서도, 또 한편으론…… 어떻게 이럴 수 있지? 너무 갑작스러웠다. 마치 신데렐라 이야기 같다. 요정 대모는 물론 료바이고. 그런데 어떻게 이런 일이 생긴 건지 이해가 안 됐다.

바기라를 위한 목줄

그날 저녁에도 베르카는 집에 없었다. 어디서 뭐하고 있는지 모르겠다. 작가랑 있나? 그럴 리 없다. 베르카의 일기장을 읽어보니 그 사람은 내가 상상했던 것과 많이 달랐다. 그는 정직한, (그래, 아마 이 단어가 가장 어울릴 듯하다) 정직한 사람이다. 좀 과장하면 명분으로 사는 사람이다. 그런 사람이 소녀의 팬심을 이용할 리는 없고, 이 모든 건 베르카의 판타지이다. 정말 그러하길 바랄 뿐이다.

나는 침대에 누워 낮에 사온 책 『200억』을 읽기 시작했다. 한순간도 손에서 내려 놓지 못하고 화장실 가는 것도 미루고 미루다 할 수 없이 일어났다.

방에서 나와 아빠가 '뒷간'이라 부르는 곳으로 갔다. 그때 부모님의 말소리가 들렸다. 거의 속삭이다시피 일부러 조용히 애기하고 있었지만 부엌문이 열린 상태였다.

"아기가 벌써 두 달이래."

"잠깐, 잠깐만! 이 얘긴 소화를 좀 시켜야겠어."

"스베타도 당연히 알고 있었을 거야. 막판에 그녀가 왜 그랬었는지 생각해 봐. 몸 아픈 거랑은 상관없어, 벌써 오래 전부터 예상하고 있었던 거지."

"하아…… 어떡하지, 류다? 이르쿠츠크에 전화해 볼까? 나 지금, 완전 바보 된 기분이야."

"전화한다고 치자. 그 다음엔 어쩔건데?"

"어쨌든 베로니카는 자기 딸이잖아!"

"아참, 그리고 바기라를 보호소에 보냈다는 건 알았어? 베르카는 바기라가 할머니 집에 있는 줄 알아. 엊그제 병원 데리고 갔다가 애견 숍에 가자고 해서 잠깐 들렀는데 베르카가 목줄을 살펴보더라고. 아, 상황이 참…….'"

'흠, 이젠 둘이서 마트도 다니네' 속으로 생각했다. '근데 병원은 왜? 무슨 병원?' 궁금해하던 중에 아빠가 계속 말했다.

"어쨌든 전화는 해볼래."

"기다려, 아직은 안 돼. 괜히 앞서가지 마."

"베르카가 우리 집에서 계속 살 순 없잖아! 게다가 진단 결과도 확정적이면 이건 완전 난센스지. 멀쩡한 아버지에 할머니도 둘이나 있는데……. 그리고 율랴가 저렇게 힘들어 하는 건 안 보여? 서로 전혀 친해지지도 않고, 한 방에 있다 뿐이지 극과 극이잖아."

"제냐, 나도 알아. 다 알아. 하지만 누구보다 율랴를 위해서 이렇게 결정했잖아, 우리 율랴를 위해서. 그러니 상황이 더 쉽지가 않지."

"쉽지 않다고? 말은 바르게 하자. 당신 딸한테 이건 비극이라고! 애가 저렇게 힘들어하는 걸 보면 속이 다 뒤집혀."

"고통은 그걸 견디면서 성장하라고 있는 거야. 당신도 알잖아. 우리가 이런 얘기 한두 번 해? 게다가 청소년 시절엔 더더욱 그래. 율랴는 지금 성장하고 있어. 당신은 안 보여? 우리 딸한테 무슨 일이 일어나고 있는지? 그냥 겉으로 크는 거 말고, 내면에 갖추게 되는 것들 말이야. 동정심, 배려, 따뜻함…… 그런 게 조금씩 싹트고 있는 중이야."

"그래도 고통은 이만하면 충분하지 않을까? 응? 사랑하는 정신과 쌤?"

난 더 이상 듣지 않았다. 모든 게 확실해졌다. 이르쿠츠크에 차려진 딴살림과 새로 태어난 아이, 바기라, 그 외 모든 게.

베르카, 지금 얼마나 아프니!

날 용서해, 베르카.

스웨터에서 료바를 만나기로 했다. 하지만 료바는 그곳을 좋아하지 않는다. 친구들이 딱히 그에게 잘못한 것도 없는데 료바는 내 친구들과 마주치는 걸 꺼려했다. 아무튼 오늘은 차분히 앉아 커피도 마시며 료바와 함께 있고 싶었다. 내가 옐레나 세르게예브나에 대해 안 좋게 생각한다고 오해하진 마시길. 그녀는 정말 환상적인 사람이다. 나는 그녀를 존중하고 또 좋아하게 된 것 같다. 하지만 그렇다 해서 이틀에 한 번씩 그녀 집에 가는 건 아무래도 지나치다. 게다가 이젠 아이폰으로 스카이프도 할 수 있고. 니콜라이 이바노비치가 그녀에게 아이폰을 선물했다. 게다가 세상에, 프랑스에서 매일 그녀에게 꽃다발까지 보낸다! 꽃다발이 진짜로 프랑스에서 오는 건 당연히 아니고, '플로리스트의 벤치'라는 이곳 꽃집에서 옐레나 세르게예브나 집으로 매일 배달된다. 미치도록 로맨틱하다!

"슈트르델 맛있어?" 료바가 물었다.

나는 스푼으로 한쪽을 떠서 료바에게 내밀었다.

"냐암!"

료바가 씹는 데 집중하더니 하하하 웃음을 터뜨렸다. 그의 웃음이 정말 좋다!

"티라미수도 먹어봐."

아, 너무 좋아! 우리 둘만 있으면 모든 게 달라진다.

료바가 내 손을 잡고 있고, 난 창에서 쏟아지는 금빛 햇살 속에 작은 먼지들이 떠다니는 걸 보고 있다. 햇빛이 료바의 갈색 머리칼을 비쳐서 그에게서 후광이 나는 것 같다. 그의 곁에 있으면 따뜻하다. 세상에서 가장 이상적인 시간과 장소가 있다면 바로 지금, 여기다. 5월 말의 스웨터.

"율랴, 너한테 할 말 있어." 료바가 손을 놓으며 말했다.

"뭔데? 흐음, 티라미수 맛있어. 냠냠."

"잘 들어, 진지한 얘기야."

갑자기 가슴 속에 칼새가 쉬익 하고 지나간 것 같았다. 여러분은 칼새가 얼마나 빠르게 날아다니는지 아는지?

"어제 옐레나 세르게예브나 집에 갔었어."

"근데?"

"6월 19일에 떠나신대, 티켓도 사셨고."

"그렇게 빨리? 대단하다!"

"응, 큰아버지가 서류 작업하는 거 도와주셔서 되게 빨리 됐어."

"송별회 열어야 겠다." 내가 말했다. "완전 신나는 파티 해드리자!"

"당연히 그래야지. 근데 내가 말하려던 건 그건 아니고."

"료바, 뜸들이지 말고 얘기해. 무섭잖아."

"그러니까, 옐레나 세르게예브나가 공증 사무소에서 유서를 작성하고 싶어하셔."

"뭐? 유서라니?"

"아파트를 유산으로 남기시려고."

"친척이 있었어? 지난번에 친척도 없고 혼자라고 하셨잖아, 우리 처음에 갔을 때. 기억나? 없다고 하셨는데."

"바로 그래서 말인데, 나한테 유산으로 주시기로 했어."

"어? 너한테? 그게 무슨 말이야? 왜?"

료바는 잠시 가만있더니 굉장히 분한 말투로 말했다.

"넌 내가 그걸 받을 자격이 없다고 생각해? 두 달 동안 발이 닳도록 그 집에 다녔어. '료바, 이것 좀 해 줘! 료바, 저것 좀 가져와라!' 내가 그러는 동안 누군가는 아무것도 안 하고 있었지."

"지금 나 말하는 거야? 내가 아무것도 안 했다는 거야?" 나는 료바의 말이 도무지 이해가 안 됐다.

"율랴, 너는 내가 그냥 좋은 일 하는 의미로만 이런 걸 한다고 생각했어? 니콜라이 바실례프라는 사람을 찾아내고 그 다음에도 계속 도와주고?"

"그런 거 아니었어?"

이제서야 뭔가 이해되기 시작했다. 아주 조금씩, 아주 천천히. 그리고 줄무늬 정장에 넥타이를 매고 나타났던 그날이 떠올랐다.

"그냥 연로한 할머니 돌봐드리는 걸로? 〈나를 기다려〉에 나오는 자원봉사자처럼 단순히 그런 고상한 목적으로? 내가 할 일이 없어? 그렇게 쳐다보지 마, 내가 노력하는 건 나를 위해서가 아니라 우리 두 사람을 위해서야."

"그게 어떻게 그래?"

"그럼 2년 뒤에 우리 어디서 살 건데? 너네 집은 당연히 안 되고. 너네 아빠가 나 되게 싫어하잖아. 그리고 너도 우리 부모님 무시하고 피하더라, 혼자 잘난 척하긴! 넌 맨날 구름 위를 떠다니고 있어. 하지만 나는 두 발 당당히 땅 짚고 서고 싶고, 살 집도 마련하고 싶어. 그 할머니는 이제 어차피 아파트 필요 없어. 곧 남작 부인이 돼서 멋진 성에서 살 거니까. 그리고 나한테 주는 선물이라면서 제발 받아달라고 했어. 내가 할머니한테 정말 큰일을 해줬다면서."

"알았어, 료바. 다 이해했으니까 그만해. 더 이상 듣기 싫어."

나는 꽁꽁 얼어붙은 호수의 얼음 구멍에 들어갔다 나온 것처럼 몸이 덜덜 떨렸다. 눈은 료바를 보고 있지만 그가 보이지 않았다. 내 앞에 전혀 모르는 사람이 앉아있다, 아주 화난 얼굴로, 아주 화난 눈빛으로. 이 사람이 누군지 모른다. 정말이지 오늘 처음 보는 사람이다.

"뭘 이해했다는 거야? 이대로 가기만 해 봐, 듣고 있어?" 일어나 외투를 입는 나를 보며 료바가 조용히 말했다. "너 지금 가면 끝이야. 우리 사이 다 끝장나는 거라고, 알았어?"

"알았어."

이제야 알겠다. 왜 전에는 깨닫지 못했을까?

카페를 나와 숨을 쉰다. 숨을 쉰다. 따뜻한 5월의 공기를 크게 마신다. 이상하게도 마음이 아프지 않다.

내 옆으로 자전거를 탄 일가족이 빠르게 스쳐갔다. 세 명이 전부 똑같은 하늘색 헬멧과 저지를 입고 있었다. 한동안 시선으로 그들을 쫓았다. 아름다운 가정이다.

언젠가 옐레나 세르게예브나가 이런 말을 한 적이 있다. "용서하고 말고가 어딨어, 사랑한다면."

'사랑한다면' – 이게 키워드다.

20장. 사람 손으로

에르미타주 박물관으로 들어가는 줄엔 대부분 외국인들이 서 있었다. 그들은 알아듣지 못하는 말로 얘기를 하고 있었는데 영어는 분명히 아니었다. 나중에 스베타 아줌마가 핀란드 사람들이라고 했다. 난 또 외계인인 줄 알았지, 말소리가 구구거리는 게 너무 웃겼다.

우리는 의류 보관소에 외투를 맡기고 위로 올라갔다. 하루만에 다 둘러보는 건 어차피 불가능하니 괜히 서두를 필요 없다고 스베타 아줌마가 말해줬다. 에르미타주의 진열품을 다 보려면 시간이 얼마나 걸리는지 아는지? 약 5년 반이 걸린다고 한다! 정말 대단하다. 놀라운 물건들이 엄청나게 많다. 그렇게 아름다운 것들은 생전 처음이다. 시계가 진열된 홀이 특히 마음에 들었다. 여러 보석과 금으로 장식된, 너무나 우아하고 아름다운 시계들이 유리 캡에 씌어진 채로 테이블 위에 진열돼 있었다. 그중에 하나만 유리 캡을 벗겨서 먹어보고 싶단 생각이 들었다. 시계가 아니라 케이크일 수도 있잖아? 정말 그런 생각이 들 정도였다. 특히 거대한 나무 모양의 시계는 감탄 그 자체였다. 가지에 황금 잎새들이 달려있고 각 가지마다 꾀꼬리, 앵무새, 공작새, 꿩 등 각기 다른 종류의 새들이 앉아 있었다. 마치 살아있는 듯했다. 스베타 아줌마가 자신의 손목시계를 바라보며 말했다.

"여기에 한 이십 분 정도 더 있자. 열두 시가 되면 뭔가 해주는 게 있거든."

나는 그게 뭘지 정말 궁금했다.

또 하나 특히 마음에 든 시계는 오래된 도시 모양을 한 시계였다. 여러 탑과 거리들, 다리, 마차, 달려가는 작은 개까지! 이런 아름다운 작품은 도대체 어떻게 만드는 걸까? 과연 사람 손으로 만든 게 맞을까? 그저 놀라울 뿐이다.

엄마가 뒤쪽에서 다가와 나를 안으며 말했다.

"너무 좋지?"

"너무 좋아."

"사람에게 공기가 필요하듯이 아름다움도 필요해. 물이 필요하듯이 아름다움도 필요해."

나는 엄마에게 아무 말도 하지 않았다. 하지만, 무슨 뜻인지 알 것 같았다.

잠시 후, 아까 자세히 봤던 그 개가 갑자기 도로를 따라 달리기 시작했다. 도로 자체도 움직이고 있었다. 길을 걷는 사람들과 마차도 움직이기 시작했다. 그리고 중앙에 있는 시계탑에서 사람이 나오더니 나팔을 불기 시작했다. 정말 작은 황금 나팔이다!

그러자 주변이 온통 살아난 듯, 숨을 쉬는 듯, 노래하는 듯했다. 시계들이 정오를 알리며 축하했다. 나 또한 노래하고 나팔을 불며 이 세상을 찬미하고 싶어졌다! 이 세상을 품에 꼭 안아주고 싶었다. 외계인 같은 핀란드 사람들도, 스베타 아줌마도, 엄한 표정으로 구석에 앉아 있는 감시원 할머니도, 베르카도. 내 마음은 시계 종소리를 따라 노래했다. 더 이상 어떤 말로 표현해야 할지 모르겠다. 그리고 살아있음을 느꼈다. 나는 살아있다! 나는 울리는 소리다. 나는 높은 창문으로 들어오는 빛이다. 나는 이 세상이고, 또 세상의 특별한 아름다움이다. 그래, 나도 아름답다! 엄마가 늘 내게 예쁘다 했지만, 난 왠지 그 말을 믿지 않았다. 하지만 그 순간 깨달았다! 나는 아름답다!

그 어떤 다른 이유가 아니라 이 세상에 단 하나이기 때문에. 모든 것은 아름답다. 단지 그 아름다움을 매번 발견하지 못할 뿐이다.

나는 그 때 에르미타주에서 아름다움을 보았다. 그리고 베르카의 아름다움도 발견했음을 나중에서야 이해하게 됐다.

세계 최고의 혈액 전문의

엄마가 다가오더니 말했다.

"율, 베르카가 몸이 아파."

나는 엄마의 말을 듣는 즉시 예감했다. 스베타 아줌마와 관련이 있을 거라는 생각이 들었다. 엄마는 나를 자리에 앉히고 내가 예상했던 바를 얘기해줬다. 베르카의 병은 전신 홍반 루푸스라는 병인데 부모로부터 유전되는 전신성 혈액 질환이라고 했다. 나는 그게 뭔지 몰라 자세히 물어봤다. 베르카가 죽는다는 건가? 어떤 증세가 나타나는 거지? 하지만 엄마는, 벌써 이 주나 병원에 다녔음에도 불구하고 아는 게 별로 없었다. 엄마가 잘 아는 혈액 전문의가 있는데 대학생 시절부터 알고 지낸 친구라 한다. 그 의사가 베르카를 입원시키라고 했다. 더 늦기 전에 자세한 검사를 해봐야 하기 때문이다.

"엄마, 베르카 죽는 거야?"

"그게 무슨 말이야. 다 괜찮을 거니까 그런 말 하지 마. 베르카는 아직 어리고, 그 병원엔 세계 최고의 혈액 전문의들이 있어. 미국에서도 여기로 치료 받으러 와. 그러니……."

"엄마, 근데 베르카 건강하잖아. 내 말은 그러니까, 기운도 쌩쌩하고 좋아 보이는데…… 솔직히 이해가 안 돼."

엄마가 그녀의 몸에 있는 얼룩에 대해 얘기하자 나는 옛날 일이 떠올랐다. 어릴 때 건강 검진 받았던 일을 새카맣게 잊고 있었다. 베르카가 내 앞에서 몸을 돌리자 등에 있던 얼룩이 보였었다.

"숨 쉬고!" 의사가 말했다 "숨 멈추고!"

그 의사는 얼굴이 토마토 선생을 닮았고 콧수염이 좀 나 있었지.

"그 얼룩이 혈액 질환 때문에 있는 거야. 스베타 아줌마도 그런 게 있었는데 등이 아니라 가슴에 있었어. 평생 감추고 살았지."

베르카도 감추고 있는 게 틀림없다. 내가 있는 데서 수없이 옷을 갈아입었음에도 불구하고 나는 이후로 그 무서운 얼룩점을 본 기억이 없다.

엄마는 예브게니 올례고비치가 곧 올 것 같다고 했다. 아직 확실하진 않지만 베르카를 페테르부르크로 데려갈 수도 있다고 한다. 하지만 엄마 생각으로는 그녀가 아직은 여기에 있는 게 더 좋다고 했다. 여기가 의사들도 좋고, 아무튼 다른 곳으로 데려가면 안 된다고.

"너는 어떻게 생각해?" 엄마는 내 머릿속에 무슨 일이 일어나고 있는지 알아내려는 듯 나를 오랫동안 쳐다봤다.

모르겠다. 만약 베르카가 우리 집을 떠난다는 말을 일주일 전에 들었더라면 난 아마 기뻐서 천장이 닿도록 점프했을 거다. 그것도 여러 번! 아주 많이 많이! 왜냐하면…… 왜냐하면 드디어 행복해질 수 있을 테니까! 그녀가 떠나기만 하면 모든 게 정상 궤도로 돌아올 테니까!

하지만 지금은……. 나는 엄마에게 어떻게 대답해야 할지 몰랐다. 그리고 뭐, 내가 결정한다고 해서 그대로 되는 것도 아니잖아?

"음, 네 의견에 정말 많은 게 달려 있어." 마치 내 생각을 읽은 듯 엄마가 말했다. "네가 생각하는 것보다 훨씬 많이. 그리고 일차적으로 중요한 건 베르카가 아니야."

"그럼 뭔데?"

"너."

나? 엄마의 말이 정확히 무슨 의미인지 모르겠지만 엄마가 옳다는 걸 직감했다.

"베르카는 그냥 여기에 있는 게 좋겠어. 예브게니 올레고비치도 올 필요 없고. 의사들이 치료해서 다 나으면 그때 오라고 해."

말투 따라하기

토요일 아침, 아빠 엄마가 베르카를 입원시키러 나가자 슈샤에게서 전화가 왔다.

나는 핸드폰 화면에 그녀의 이름이 뜬 걸 보고 하마터면 의자에서 떨어질 뻔했다. 보랴 생일 후로 우린 서로 입도 뻥끗 안 했다. 나는 벨소리가 일곱 번 울리고 나서야 전화를 받았다.

"여보세요?"

"안녕, 어떻게 지냈어?"

슈샤의 목소리 톤이 아리송하다. 화해하자는 건지 또 싸우자는 건지 목소리만으로 분간할 수가 없었다. 표백제로 씻어낸 소리 같다.

"뭐 잘 지내. 너는?" 나 역시 건조하게 대답했다. 상대방 말투 따라하기가 내 특기지.

슈샤가 잠시 기다렸다가 말을 꺼냈다.

"있잖아, 우리가 왜 이렇게 된 건지 모르겠지만, 나는 너랑……."

"내가 그날 화장실에 있다가 너네가 마린카에 대해 말하는 걸 들었어. 너네가 얘기하는 걸 다 들었다고!" 나는 기관총을 쏘듯 말을 내뱉었다.

갑자기 저절로 그렇게 됐다! 그녀에게 다 쏟아 부었다. 그러자 한순간에 마음이 가벼워졌다.

"화장실? 그게 무슨 말이야?" 슈샤가 어리둥절해 물었다.

"메가 화장실. 예전에 나 빼놓고 너랑 마샤랑 메가에 갔었잖아."

슈샤는 잠자코 있었다. 내가 무슨 말을 하는 건지 생각하고 있는 듯했다. 그리곤 기억해냈다.

"베르카에 대해 말한 것도 들었어?"

"어."

"다른 말도 다?"

나는 핸드폰을 든 채 고개를 끄덕였고, 슈샤는 들리지 않은 내 대답을 이해했다.

"이제야 알겠네. 근데 그걸 진작 말해줄 순 없었어? 그냥 와서 '슈샤 베샤스늬. 이런 돼지야!' 하면 됐잖아?"

"그러니까, 그게 안 됐네."

"나는 베르카가 너랑 우리랑 떨어뜨려 놓으려고 하는 줄 알았어. 걔가 나 완전 싫어하잖아. 암튼 좀 서운해. 그래도 우리 친구였는데, 이제보니 너한텐 베르카가 더 소중하고……."

슈샤는 우리가 싸운 것에 대해 자신이 얼마나 걱정하고 있는지, 어떤 감정을 느끼는지, 또 내가 그동안 얼마나 이상하게 행동했는지 한참을 말했다. 그리고 마샤도 걱정을 많이 하지만, 당사자들이 원하지 않는데 옆에서 화해하라고 강요하는 건 좋지 않다고 생각한다 했다. 그리고 둘 다, 모두가 나를 보고 싶어한다고, 내가 없는 스웨터는 뭔가 좀 아니라고, 그리고 이주 모프가 내가 없으니 허전하다며 웃음을 터뜨렸다고, 하지만 그건 중요치 않다고.

나는 그녀의 말을 들으며 우리가 얼마나 다른지, 하지만 동시에 얼마나 비슷한지 생각했다. 하나 하나 정리해보면 우리가, 또 모든 사람들이 느끼는 감정은 다 비슷하다. 만약 자신의 감정에 대해 말하는 걸 두려워하지 않았다면 훨씬 오래전에 이해했을 것이다. 사람들은 서로 원수가 아니라는 것, 원수란 머릿속에만 있는 것일뿐 자세히 살펴보면 실제로는 존재하지 않는 것임을. 원수는 두 음절로 된 단어일 뿐이며 그것을 사용할지 말지는 내가 결정하는 것임을.

슈샤가 핸드폰 너머에서 호호호 웃으며 수다를 떠는 동안 난 이 모든 걸 생각할 수 있었다. 그녀의 웃음이 참 좋았다. 하지만 '마린카'라는 이름을 듣자마자 나는 현실로 돌아왔다.

"마린카는 우리 엄마가 아는 여자야, 같이 일해. 나이가 사십 몇 살이니까 아줌마지. 근데 되게 어려 보여. 자기보고 그냥 마린카라고 이름 부르라고 하는데 그러기엔 좀 불편하잖아? 아무튼 지난번에 우리 집에 놀러 와서 같이 커피 마셨는데 갑자기 아이스크림 살 때 있었던 얘길 해주더라고. 식구들 주려고 아이스크림을 사는데 레프라는 젊은 직원이 자기보고 다른 나라로 여행을 떠나자는 둥 자꾸 말 시키면서 귀찮게 했대. 난 그 사람이 누군지 바로 짐작했지. 네가 화장실에서 무슨 상상을 했는지는 모르겠지만, 암튼……."

"슈샤, 말해줘서 고마워. 근데 지금은 나랑 상관없는 일이야."

"어? 왜?"

"나 료바랑 헤어졌어."

"진짜? 이 친구 보소! 네 주변 5미터 반경에 살아남은 사람이 하나라도 있냐? 친구들 중에?" 슈샤가 특유의 솔직한 화법으로 말했다.

음, 생각해 보니 정말 그렇다. 지금은 그런 사람이 없다.

"마샤는 요즘 어때?" 나는 주제를 바꿨다.

"하아, 완전 놀라운 일이 있었어. 너 아마 안 믿을 걸?"

마음 쏟기

예고르의 전화번호는 이미 오래전에 베르카의 핸드폰에서 찾아놨었다. 정확하게 말하자면 예고르가 아니라 이고리 유리 예비치. 베르카의 핸드폰엔 예고르라고 저장돼 있다. 나는 그에게 전화해서 만나자고 했다. 무슨 일로, 어떤 이유로 만나야 되는지 미리 종이에 메모까지 해놓고 설명하려고 했는데 그가 바로 대답했다.

"좋아. 사십 분 후에 중앙 공원 입구에서 만나자. 그때까지 올 수 있니?"

너무 쉬웠다. 그래도 꽤 유명한 작가인데 약속 잡는 게 이렇게 간단하다니.

트롤리 버스를 타고 공원 앞에서 내리자 이고리 유리예비치가 이미 기다리고 있었다. 스타벅스 커피를 마시고 있었다.

"너도 마실래?" 또 하나의 컵을 내밀며 그가 말했다. "어떤 거 좋아하는지 모르지만 카푸치노로 샀어."

"아, 정말 감사합니다." 나는 좀 걱정이 됐다. 지난번에 그런 일을 벌이고 다시 만나려니 마음도 편치 않았다.

"괜찮아. 잠깐 걸을까?"

"네."

우리는 공원으로 들어가서 중앙으로 난 가로수길을 따라 천천히 걸었다. 왼쪽과 오른쪽에 오래된 포플러 나무가 하늘을 향해 뻗어 있고 새로 돋은 어린 이파리와 귀걸이처럼 늘어진 꽃송이가 가득했다. 5월, 특히 5월 초를 좋아한다. 5월엔 모든 게 시작되며 좋은 일을 앞두고 있는 듯한 기분이 든다. 여러분은 그런 걸 느껴본 적 있는지? 사실 지금은 전혀 다른 감정에 휩싸여있지만.

"이고리 유리예비치……." 내가 먼저 말을 꺼냈다.

"그냥 예고르라고 불러."

"그건 좀 불편할 것 같아요."

"좋아, 그럼 나도 널 율리야 바치코브나라고 부를게, 괜찮지?"

나는 웃음을 터뜨렸다. 가냘픈 소리로 '율리야 바치코브나'라고 한 게 너무 웃겼다.

"아, 그냥 예고르라고 할게요. 익숙해지려면 좀 시간이 걸리겠지만."

"그럼 익숙해질 동안 내가 먼저 한 가지 얘기를 해줄게."

"네, 좋아요."

"인도에서 있었던 일이야. 어떤 교수가 실험을 해보기로 했어. 컴퓨터 열 대를 사서 시골 학교로 가져갔는데 거기 아이들은 컴퓨터라는 걸 난생 처음 봤어. 어떻게 사용하는지도 당연히 몰랐지. 교수는 컴퓨터를 설치만 해놓고 떠났어. 사용법도 안 가르쳐주고 설명서 같은 것도 안 남겨놓고. 한 달 후에 다시 와서 보니까 아이들이 컴퓨터를 아주 잘 쓰고 있었어. 프린터로 출력하는 방법도 알아냈고, 게임도 다운로드 하고, 인터넷도 하고. 교수는 계속해서 실험을 진행하기로 했지. 이번에는 생물 과목을 공부할 수 있는 좀 복잡한 프로그램을 설치하고는 다시 떠났어. 또 한 달 후에 와보니까 아이들이 풀이 죽어 있었어. 생물에 대해선 전혀 배울 수가 없었던 거야. 그러자 교수는 그 시골에 사는 나이 많은 할머니 한 분을 학교로 초대했어. 할머니한테 한 가지 과제가 주어졌는데 아이들이 뭔가를 해낼 때마다 진심으로 칭찬을 해주는 일이야. 그리고 한 달 후에 다시 돌아왔지. 어떻게 됐을 것 같아?"

"아이들이 그 프로그램을 잘 사용하게 된 거죠?"

"맞아! 사용법을 완벽하게 이해하고 있었어." 예고르가 기뻐하며 말했다. "근데 어떻게 맞혔어?"

나는 그냥 맞혔다는 뜻으로 어깨를 으쓱했다.

"칭찬은 정말 대단한 힘을 가지고 있어. 하지만 그게 진심일 때만 그래. 말하자면 '할머니 현상'이 일어나는 거지. 너 할머니 계셔?"

"아니오."

"아쉽네, 나도 안 계셔."

"근데 이 얘기는 왜 해주신 거예요?"

"그냥 말해주고 싶었어. 너무 좋은 이야기잖아?"

"그건 그래요." 나도 그 이야기가 참 좋았다. 하지만 솔직히 전혀 다른 이야기를 하고 싶었다. 긴장이 풀리지가 않았다.

갑자기 예고르가 말했다.

"나한테 전화를 하다니 잘했어. 전화 받고 기뻤거든. 굉장히 용감한 행동이야. 그렇게 할 수 있는 사람들이 많지 않아." 그가 웃으며 말했다.

그의 말을 듣자 나는 마음이 편해졌다.

"용서해주세요. 일기장을 보여드린 건 정말 멍청한 짓이었어요. 복수하고 싶었거든요. 근데 지금은 너무 부끄러워요."

"사실 베르카가 코스차 T에 대해 얘기해줘서 이미 알고 있었어."

"진짜요?" 나는 몸에 열이 날 정도로 창피해졌다. "걔가 그 일을 기억하고 있는지 몰랐어요."

"아주 자세히 기억하고 있던데? 베르카도 지금 너처럼 양심의 가책을 느끼고 있었어. 너보다 훨씬 오랜 시간동안."

정말일까? 나는 믿을 수 없었다. 베르카가 양심의 가책을 느낀다고? 별일이다.

"저한테 화가 나 있지 않던가요?"

"안 그런 것 같던데." 작가가 어깨를 으쓱하며 말했다. "내 생각엔 너희 둘이 얘기를 좀 해보는 게 좋을 것 같아. 중간에 누굴 거치치 않고. 어때?"

나는 미소를 지었다. 예고르와 얘기하니 마음이 참 편해졌다. 한 100년? 200년은 알고 지낸 사람 같다.

"근데 T가 아니라 P예요."

"응? 뭐가?"

"코스차 P라고요." 나는 다시 미소를 지었다.

"아. 베르카가 너 피아노 실력이 정말 대단하다고 하던데?"

정말 그렇게 말했다고? 믿기지 않는다.

"네, 피아노 쳐요. 근데 저 음악 싫어해요."

"저런! 음악이나 미술, 조각, 문학 이런 건 근본적으로 다 같은 거야. 자신을 표현하는 거잖아. 그걸 예술이라 하고. 요리도 마찬가지고 칼을 삼키는 묘기도 그래. 사실 그렇게 특별한 것까지 말할 필요도 없지. 설거지도 예술이 될 수 있어, 거기에 마음을 쏟으면. 불교 격언 중에 '찻잔을 씻을 땐 찻잔에 대해 생각하라'는 말이 있어. 너는, 생각해?"

"찻잔이요?"

예고르가 미소 지었다.

"음악 말이야."

흐음. 나는 잠시 생각에 잠겼다. 피아노 치면서 무슨 생각을 하더라? 그냥 온갖 생각을 다 하지! 사십 분이 언제 끝나나, 친구들은 스웨터에서 뭐하나 등등. 머릿속엔 늘 잡다한 생각이 가득했다. 음악에 대한 생각만 제외하고.

"나는 아주 오랫동안 내가 있어야 할 곳에 있지 않다는 생각을 하면서 살았어. 레스토랑에서 서빙도 했고, 청소부로도 일했다가, 전기 기사도 했지. 삶이 나를 떠미는 대로 여기저기서 일했어. 그런데 '아냐, 이것도 아냐! 난 어릴 적부터 작가가 되고 싶었잖아! 작가가 되면 행복할 텐데' 항상 이런 생각으로 살았어. 한번은 타이어를 교체하러 갔는데 거기서 어떤 청년을 만났어. 그 사람이 타이어를 교체해 주는데, 뭐랄까, 무슨 왕궁 정원에 백합이라도 심는 것 같았어. 아니면 우주에 로켓을 쏘아 올리거나. 굉장히 열중하면서 에너지도 넘치고, 얼굴은 환하게 웃으면서. 나한테 조언도 해주고 여러 가지 이야기도 들려주고. 아무튼 타이어 하나 교체하는데 온 마음을 다 쏟더라고. 그 사람을 보면서 든 생각이 인생은 이런 거구나, 참 지혜롭구나. 인생은 우리한테 이자까지 두둑히 주는데 우리는 콧방귀 뀌면서 받지를 않아. 내 것이 아니라며 말이지. 하지만 다 네 거야. 인생에서 맞닥뜨리는 것들은 전부 다 네 거야. 그냥 그렇게 된 게 아니라 뭔가 이유가 있어. 내가 만약 동물원에서 1년 간 경비로 일하지 않았다면, 어쩌면 절대로 작가가 되지 못했을 지도 몰라. 설령 됐다 하더라도 전혀 다른 작가가 됐겠지. 내 말 무슨 뜻인지 이해돼?"

"알 것 같아요. 그래서 어떻게 해야 할까요?"

"마음을 쏟아야지. 세상이 접시에 담아 너한테 건네주는 모든 것들을 불꽃을 가지고 해 봐. 그리고 운명의 라인을 따라 계속 움직이는 거야. 재미있는 일들이 앞으로 수없이 많을 거야. 당분간 너한테 주어진 건 음악이야. 나쁘지 않아, 꽤 괜찮아. 시간이 조금만 지나면 스스로 깨닫게 될 걸?"

"자기 자신을 찾는 건 어쩌고요? 예를 들면, 제가 피아니스트가 아니라 사진 작가가 되고 싶을 수도 있잖아요."

"그것도 정말 좋지, 그렇게 될 거야. 안 될 게 뭐 있어? 카메라 들고 나가면 되지. 카메라 있어?"

"있어요."

"거 봐. 카메라 들고 밖으로! 별을 향해서! 음악이 널 방해하는 게 아니야. 아무 상관없어. 중요한 건 무서워하지 않는 거야. 이게 제일 중요해, 무서워하지 않는 것. 겁먹지만 않으면 네가 생각지도 못한 선물 같은 기회나 가능성이 열릴 거야. 세상은 우리가 생각하는 것보다 훨씬 지혜로워. 그러니까 세상이 뭔가를 주려 하면 '노' 하지 말고 '예스'라고 해. 물론 이성의 테두리 안에서."

나는 바로 대답할 말을 찾지 못했다. 그리고 잠시 후 베르카에게 왜 이런 일들이 있는 건지, 그는 어떻게 생각하는지 물었다. 왜 그녀에게 이런 일이 생긴 건지, 엄마는 죽고 아빠는 저 멀리 이르쿠츠크에 있고. 이런 큰 불행을 홀로 마주해야 하는 게 너무 불공평하다고.

"율랴, 사람들은 모두 고통을 겪는 시기가 있어. 한 사람도 예외없이 전부. 아마 지금이 너도, 베르카도 그 고통을 겪는 시기일 거야. 단지 믿어야 돼. 나를 깨끗하게 한다는 관점에서 고통을 받아들여 봐. 좋은 것으로, 나를 향한 돌봄이라고 생각해. 모든 걸 그렇게, 가까운 사람의 죽음까지도 그렇게 받아들여 봐. 내가 어렵게 설명하는 것 같지만 시간이 지나면서 스스로 이해하게 될 거야. 넌 그럴 수 있어."

우리는 이후로도 오랫동안 여러 이야기를 나눴다. 료바에 대해서도 얘기했다. 거리는 이미 어두워졌고 나는 공원을 걸으며 이 유명한 작가가 내 곁에서 함께 걸으며 내게 마음을 쏟고 있구나 생각했다. '미안해, 내가 바빠서'라고 거절할 수도, 혹은 내 전화를 아예 받지 않을 수도 있었다. 따져보면 난 그에게 아무도 아닌, 그냥 아는 학생일 뿐이니까! 하지만 그는 내게 '예

스'라는 말을 선택했다. 베르카에게도 그랬다. 우리 둘이 정말
필요로 했던 것을 선택해 줬다.

21장. 하얀 원피스

날씨가 정말 따뜻하다! 오늘은 덥기까지 해서 난 하얀 원피스를 입기로 했다. 아주 가볍고 찰랑거리는 원피스다. 조금만 빙그르 돌아도 치마가 종 모양처럼 된다. 그리고 딸랑딸랑 소리도 나지! 농담. 작년에 엄마가 스페인에서 사다 준 옷이다.

밖으로 나가니 새들이 지저귀는 소리가 쉼없이 들린다. 새들은 봄이 참 좋지. 나도 정말 좋아! 왜 이리 기분이 좋은지 설명할 수가 없다.

정류장으로 가니 미시카가 벌써 기다리고 있었다. 손에는 여러 색깔의 튤립 다발, 그리고 아마 케이크인 것 같다. 이런 괴짜 양반아! 꼭 생일 파티에 가는 것 같잖아.

버스에 올랐다. 꽤 오래 가야 한다. 그곳까지 사십 분 정도 걸린다. 버스는 텅 비었고 깨끗하게 닦인 큰 창문으로 햇살이 쏟아진다. 나와 미시카는 맨 뒤로 가서 끝자리에 앉았다. 한동안 서로 아무 말이 없다. 하지만 이런 침묵도 좋게 느껴진다.

"뭘 그렇게 봐?" 웃으며 그에게 물었다.

"너 오늘 예쁘다."

"그럼 평소엔 안 예뻤나?" 난 또 크게 웃었다. 웃음보가 터졌는지 하루 종일 속이 간질간질하다.

"오늘은 눈부실 정도야."

"있잖아, 지난번에 했던 얘기가 계속 생각나." 어색한 마음에 얼른 주제를 바꿨다.

"어떤 거?"

"그 대통령이랑 청소부 얘기."

"아, 그거?"

"넌 그럼 대통령이 되고 싶어?"

"나?" 미시카가 잠시 생각하더니 "아니, 대통령은 싫어. 난 그런 거 재미없어. 뭔가 숨기고, 거짓말하고, 죽기 살기로 경쟁하고. 차라리 형이랑 거리를 쓰는 게 낫지."

"그러니까 네가 딱이야!" 내가 흥분하며 외쳤다. "이제야 이해가 됐어. 자기가 뽑히기를 바라지 않는 사람들 중에서 뽑아야 된다는 거. 맞지?"

"앗! 이런 지혜로운 아가씨." 미시카가 미소 지었다. "아름답기까지 하시네요!"

아마 한 시간 정도 이런 저런 얘기를 한 것 같다. 버스가 아주 천천히 갔다. 하지만 시간은 빨리 흘렀다. 미시카랑 얘기하는 게 재미있었기 때문이다. 그와 대화하는 게 좋다는 말은 아마 지난번에도 했었지?

우리는 '시립 병원' 정류장에서 내렸는데 별장에서 지내는 듯한 사람들도 몇몇 내렸다. 그을린 피부에 파나마 모자를 쓰고 양손엔 무거운 짐가방을 들었다.

오래된 소나무들 너머 숲속에 병원이 보였다. 우리는 구불구불한 오솔길을 따라 그쪽을 향해 걸었다. 미시카가 앞서 가서 그의 뒷모습을 자세히 살펴볼 수 있었다. 넓고 듬직한 등이다. 강해 보인다. 전에는 미처 보지 못한 모습이다.

병원에 들어서자 경비원이 우리를 맞으며 가운과 덧신이 있는지 물어봤다. 엄마가 미리 챙겨줘서 가지고 왔다. 나는 베르카에게 전화해서 1층 엘리베이터 옆에 있다고 말했다. 그녀는 허락을 받았으니 직접 내려오겠다고 했다. 그래서 덧신과 가운은 필요가 없게 됐다.

오 분 정도 후, 엘리베이터에서 내리는 베르카를 보고 처음엔 그녀를 알아보지 못했다. 입원한지 일주일 밖에 지나지 않았는데 말이다. 예전에도 마르긴 했지만 지금은 정말……. 게다가 몸에 딱 붙는 트레이닝복을 입어서 더욱 말라 보였다.

"밖으로 가자, 여긴 답답해." 베르카는 인사도 하지 않고 출구로 향했다.

우리는 소나무 아래 벤치에 앉아 이야기를 나누기 시작했다. 정확히 말하자면, 미시카가 쉴 새 없이 떠들어댔다. 엊그제 하마터면 경찰서에 끌려갈 뻔했다고 한다. 친구랑 반달리즘, 그러니까 건물 벽에 그래피티를 그렸기 때문이다.

"'할머니 집에 말 그린 거 페인트로 다시 덮지 못해?' 그러는 거야. 그래서 이건 말이 아니라 변화와 자유의 심볼인 유니콘이라고 설명했지. 그러니까 경찰이 '흠, 변화가 뭔지 보여줄까? 경찰서에 가면 알게 될 거야, 확실한 변화가 뭔지!'"

미시카는 이야기를 재미있게 하는 재주가 있다. 목소리와 표정을 흉내내는 게 정말 우습다. 베르카도 웃음을 터뜨렸을 정도다. 잠시 후 미시카가 다시 말했다.

"난 숲에 가서 산책이나 할게, 저녁으로 먹을 독버섯도 좀 따고. 너넨 여기서 꽃향기 맡다가 케이크에 독은 안 들었는지 먹어 봐. 한 삼십 분 후에 살아있는지 체크하러 올 테니까."

그리곤 가버렸다. 베르카는 미시카가 가는 모습을 잠시 쳐다봤다.

"진짜 좋은 애야. 너 쟤한테 그러는 거 후회할 걸?"

"내가 뭘?"

"알면서. 혹시 내 생각이 궁금할 수도 있으니까 말해주는데 너의 소중한 료바는 미시카에 비하면 정말 형편없어."

"료바는 내 것도 아니고 소중하지도 않아."

근데 갑자기 왜 이러는 거지? 베르카는 료바를 한 번도 본 적이 없다.

"진짜?" 그녀가 놀라며 말했다. "흠, 점점 더 맘에 드네, 친구."

지금 베르카가 누굴 보고 친구라고 한 거지? 나?

"네가 예고르에 대해 말하고 싶어하는 거 알아. 하지만 좀 두렵지, 그치?"

"두렵지 않아. 그냥…… 맞아, 솔직히 무서워."

베르카는 짧게 코웃음을 치더니 말을 이어갔다.

"네가 내 일기장을 읽은 건 진짜 비열했어. 그래도 다 내 잘못이지. 나 다 기억하고 있어. 코스차도 그렇고, 강아지 사건도 그렇고. 이해가 될지 모르겠지만 평생 질투하는 대상에게 잘 대해주는 건 쉽지 않아."

"나를 질투한다고?" 나는 베르카의 말을 듣고 너무 놀랐다. "도대체 왜?"

"도대체 그래. 너네 집은 항상 정상적이잖아. 강아지도 있었지, 지금은 황태자 같은 고양이가 있고. 방도 좋고, 좋은 것보다 중요한 건 네 방이 따로 있다는 거고, 친구들도 있고, 같이 모여서 노는 애들도 있고, 남자친구도 있고. 아무튼 안정적이야. 근데 나는 한번도 그런 적이 없었어. 빌어먹을 관광객처럼 평생 침낭이나 간이침대에서 잤어."

나는 내 귀로 듣는 말을 믿을 수가 없었어. 정말이야? 베르카가 이렇게 생각하고 있을 거라곤 상상도 하지 못했다! 나는 오히려 베르카가 조금 부러웠었다. 페테르부르크에 살고 아빠는 세계적으로 유명한 사람이고.

"제일 중요한 건, 너네 엄마는 건강하잖아. 우리 엄마는…… 엄마한테 병이 있다는 걸 알고 있었어. 그리고 나도 언젠가는 같은 증상이 나타날 거라고 예상했어. 내가 여섯 살 때였나 할머니가 말해줬어. 다들 알면서 겉으로 말을 안 했을 뿐이야. 순회공연 따라서 이곳저곳 동굴 같은 집을 전전하면서도 괜히 아빠 심기를 건드리지 않을까 조심했지. 영감이 떨어지게 하면 안 되잖아, 엄마와 나는 아빠의 뮤즈니까. 하긴 그것도 예전에나 그랬지, 지금은 다른 뮤즈가 생겼나봐. 그러니 나를 둘 곳이 없는 거야. 간이침대가 아닌 이상 창고에 쑤셔 둘 순 없잖아."

베르카의 말을 듣고 있자니 그녀가 이해가 됐다. 내 자신을 이해하는 것보다 훨씬 더 잘 이해하게 된 것 같다. 문득 그녀가 낯설게 느껴지지 않았다. 지금까진 이해가 불가능한 낯선 사람이었지만 이젠 아니다. 다른 행성에서 온 외계인이 아니라 나와 같은 행성에 사는 사람. 그녀는 정말 담담하게 자신의 진심을 이야기했다. 그동안 겪은 쓰라린 고통과 분노를 거리낌 없이 말했다. 아무리 베르카지만 그녀라고 이렇게 하는 게 쉬울까? 나는 그녀에게 힘이 되어주고 싶었지만 어떻게 해야 할지 몰랐다.

"베르카, 용서해 줘. 일기장 말야."

"너도 용서해. 내가 너한테 해 준 좋은 거 다." 베르카가 한쪽 입꼬리를 올리며 미소 지었다. "얼마 전에 예고르 만났다며? 예고르가 나한테 문자 보내주는 게 있는데 이거 읽어 봐."

베르카가 주머니에서 핸드폰을 꺼내 그에게서 받은 메시지를 보여줬다.

'내가 원하는 게 내게 불필요한 것일 때가 있고, 불행이라 여겨지는 게 행운일 때가 있다. 고통이라 여겨지는 게 치유일 때가 있고, 배신이라 여겨지는 게 배려일 때가 있다. 재앙이라 여겨지는 게 나를 위해 사려 깊이 열린 새로운 가능성의 문일 때가 있다.'

"정말 멋지지?"

나는 고개를 끄덕였다. 그리고 잘 기억해 놓으려고 다시 한 번 읽었다.

"참, 예고르가 곧 나 보러 온다고 했어. 아내가 여기 병원에서 일한대. 의사래."

"결혼했었어? 몰랐네."

"응. 나도 모르고 있었다는 건, 너도 알지?"

나는 베르카의 손을 아주 꼬옥 잡아주고 싶었다. 아니, 안아주고 싶었다. 뭔가 아주 좋은 말, 진심에서 우러나는 말을 해주고 싶었다. 마음을 쏟고 싶었다. 하지만 생각대로 되지 않았다. 좀 창피했던 것 같다. '할머니 현상'은 그냥 되는 게 아니라 배워야 하는 것이었다. 꼭 배우고 말겠어!

병에 대해선 베르카에게 묻지 않았다. 그녀도 말하고 싶지 않은 눈치였고, 지난번에 공원에서 예고르가 해준 말도 떠올랐기 때문이다. 사랑하니까 함께 있어주는 것에 대해. 그의 엄마가 암에 걸렸었는데 소식을 듣고 사람들이 몰려왔다고 한다. 친척들이며 지인들이 와서 여러 가지 조언들을 늘어놨다. 어떤 의사를 찾아가는 게 좋은지, 어떤 나라에 가서 치료를 받는 게 좋은지, 완치는 되는 건지, 그냥 소다수를 마시는 게 더 나을 수도 있다는 등등. 예고르는 그 사람들은 엄마를 도와준 게 아니라 스스로를 도운 거라고 했다. 만약 그녀가 잘못되어도 양심의 가책을 느끼지 않기 위해서라고 했다. '내가 그렇게 좋은 방법을 알려줬는데도…….' 이런 식으로 말이다. 어려운 상황에 처한 사람은 안정을 원하고 조용한 사랑을 원한다. 조언한다며 이것저것 캐묻는 것은 전혀 도움이 되지 않는다. 아픈 사람을 걱정하며 법석 떠는 데 에너지를 쓰지 말고 그 사람을 돕고 격려하는 데 써야 한다고 했다. 평정심, 지혜, 세상을 향한 믿음을 갖도록 해야 한다고 했다. 그리고 모든 것은, 결국 그것이 되어야 하는 대로 된다고 했다.

"케이크 먹을까?" 상자를 두드리며 내가 말했다.

"그래. 근데 뭘로 먹어?"

"세심한 친구 미시카가 숟가락도 넣어 놨지."

케이크는 정말 맛있었다. 버섯 모양의 장식과 각종 베리가 한가득 올려진, 어릴 때 많이 먹었던 내가 좋아하는 케이크다. 나와 베르카는 소나무 그늘 밑에 앉아 상자채로 케이크를 먹으면서 나무 위 새들이 노래하는 걸 들었다. 처음으로 베르카가 나쁜 애가 아니라는 생각이 들었다. 아니, 아주 좋은 사람이다. 나랑 닮은 점이 하나도 없음에도 불구하고. 우린 그냥 다를 뿐이다. 다른 게 나쁜 건 아니다.

"근데 나 아직도 그 꿈 꿔." 내가 갑자기 고백했다.

"이젠 안 그럴 거야." 베르카가 히죽 웃으며 말했다. "나만 믿어, 내가 취카한테 다 얘기해 놨어."

은색으로 빛나는, 아마 대박 멋지다고 할 만한 차 한 대가 눈에 들어왔다. 나는 차를 잘 모른다. 그 차가 병원으로 들어오더니 주차를 하고, 거기서 미시카가 내렸다. 나는 너무 놀라서 벤치에서 떨어질 뻔했다. 그리고 마샤와 슈사가 내리고, 머리색이 밝은 아주 잘생긴 청년이 내렸다.

"아흐마드, 트렁크에서 꽃다발 좀 꺼내줘. 잡지도!" 슈샤가 손으로 치마 주름을 펴며 말했다.

"오늘은 왜 이리 손님이 많아? 현실이야?" 베르카의 습관적인 비아냥이다.

나도 이게 현실인가 싶었다. 친구들이 왔다. 맛있는 것도 사 들고 말이다. 거의 모르다시피 하는 사람을 위해 마음을 쏟은 거라고 할 수 있겠지? 아무것도 되돌려 받을 생각 없이.

예고르는 '행복의 중요한 원칙은 주기 위해 주는 것'이라고 했다. 나한테 말해준 건 아니고 『하늘이 보이는 창』에 그렇게 썼다. 그의 책에서, 아니 그동안 읽은 모든 것 중에 가장 좋은 말이다.

친구들이 우리에게 다가왔고 미시카가 입을 열었다.

"숲을 따라 가면서 한창 뻐꾸기랑 얘기하고 있었어. 내가 앞으로 몇 년 살게 될지 말해주더라고. 근데 슈샤랑 마샤가 순양함 오로라 호를 타고 내 앞에 나타났어."

"율랴, 너네 집에 갔었는데 너희 엄마가 너네 이미 병원으로 출발했다고 하시더라고. 그래서 얼른 마트에 들렀다가 여기로 왔지. 인사해. 여기는 아흐마드, 여기는 율랴. 그리고 여기는 베로니카, 피테르에서 왔어."

"베르카라고 해요." 베르카가 미소를 지으며 말했다. 웬일로 피테르를 페테르부르크라고 정정해 주지도 않았다.

"아흐마드는 피테르에서 사는 게 꿈이야." 슈샤가 계속해서 재잘거렸다. "맞지? 거의 전세계를 다니면서 사진을 찍었는데 그중에 페테르부르크가 제일 마음에 든대. 도시 경관이 정말 멋지대. 근데 난 개인적으로 뉴욕이 젤 좋아. 바르셀로나도 좋고."

"나는 우리 도시가 제일 좋아. 아마 아무 데도 안 갈 것 같아." 마샤가 나를 보며 웃었다.

나도 대답하듯 그녀에게 미소를 보냈다. 그리고 어쩐지 옐레나 세르게예브나가 떠올랐다.

꼭 전화해 봐야지. 그녀에게도 스카이프가 있으니까.

역자의 말

러시아 문학이라고 하면 보통 '어렵다'는 생각을 떠올린다. 내용이 어려울 수도 있지만, 그보다 등장인물들의 이름 때문에 그렇게 느끼는 경우가 많다. 발에 걸리는 자잘한 돌멩이 같은 이름들을 인내심을 갖고 읽지 않으면 매력적인 러시아 문학 속으로 빠져들 수 없다.

러시아인들의 공식 이름은 이름, 부칭, 성으로 구성되어 있다. 부칭은 아버지의 이름을 따와서 짓는 것인데, 어른인 상대방에게 예의를 갖출 때 이름과 함께 사용한다. 또 약칭, 애칭이라는 개념이 있어서 가족, 친구, 지인들은 서로의 이름을 짧게 줄여 부르거나 애정이 담긴 애칭으로 부르기도 한다. 한 사람이 때에 따라 '예브게니 올레고비치'가

되기도, '제냐'가 되기도 하는 것이다. 이처럼 다양한 방식의 호칭에서 서로 간의 관계, 친밀감의 정도, 상대방을 대하는 태도가 드러난다.

『스웨터로 떠날래』는 그동안 한국 독자들이 접했던 러시아 고전 문학과는 다른 성격의 작품이다. 과거가 아닌 현재의 러시아, 현재 청소년들의 생활상을 그리고 있다. 멀리 떨어져 관망하는 게 아니라 밀착 카메라로 보여준다. 그래서 러시아만의 낯선 문화가 도드라져 이질감을 주기도 하고 한편으로는 누구나 경험했을 법한 감정들을 다루고 있어서 동질감을 주기도 한다. 가족, 친구, 관계, 사랑, 성적, 미래에 대한 고민 등 평범한 주제들이지만 지루하지 않게 얽혀 있는 이야기와 맛깔스런 상황 묘사에 웃음이 번진다. '나도 아는' 유명한 음악, 책, 영화가 등장할 때는 괜히 반가운 마음도 든다.

겉으론 참 다르지만, 속으론 같은 질문을 던지고 있었던 두 소녀. '왜 내게 이런 일이 일어날까? 이것은 내게 무슨 의미일까?' 열다섯 살에 시작된 이 질문이 쉰다섯 살이 되도록 이어지는 게 우리의 삶인 듯하다. '스웨터'는 청소년들의 심리와 성장을 탁월하게 그렸을 뿐만 아니라 그들 곁에 있어야 할 어른의 모습에 대해서도 섬세히 안내하고 있다. 휘몰아치는 감정의 폭풍을 겪고 있는 아이들을 진심으로 이해하고자 하는 어른이라면 그 메시지를 읽어낼 수 있을 것이다.

혼자 해결하지 못 할 어려움을 겪고 있는 누군가에게 이 책이 친구가 되어주기를,

추운 날, 추운 세상을 살고 있는 누군가에게 이 책을 손에 쥔 당신이 따스한 스웨터가 되어주기를 바란다.

김선영

스웨터로 떠날래

초판 1쇄 발행 | 2019년 12월 10일
　　3쇄 발행 | 2020년 　7월 10일
지은이 | 안나 니콜스카야
옮긴이 | 김선영
펴낸이 | 최윤정
펴낸곳 | 바람의아이들
만든이 | 강지영 박한솔 김재이 양태종
등록 | 2003년 7월 11일(제312-2003-38호)
주소 | 04001 서울시 마포구 동교로 17안길 43-4
전화 | (02)3142-0495 팩스 | (02)3142-0494
이메일 | barambooks@daum.net
제조국 | 한국
구독 연령 | 12세 이상

www.barambooks.net

Я уеду жить в "Свитер"

by Anna Nikolskaya
Copyright ⓒ 2016 by ROSMAN
All rights reserved.
Korean Translation Copyright ⓒ 2019 by Baram Books
This Korean edition was published by arrangement with ROSMAN.

ISBN 979-11-6210-053-0 (44800) 978-89-90878-04-5 (세트)

「이 도서의 국립중앙도서관 출판예정도서목록(CIP)은 서지정보유통지원시스템 홈페이지(http://seoji.nl.go.kr)와
국가자료공동목록시스템(http://www.nl.go.kr/kolisnet)에서 이용하실 수 있습니다.(CIP제어번호: CIP 2019043315)」